ISBN 978-0-428-04487-9
PIBN 11238238

# 1 MONTH OF
# FREE
# READING

at

## www.ForgottenBooks.com

By purchasing this book you are eligible for one month membership to ForgottenBooks.com, giving you unlimited access to our entire collection of over 700,000 titles via our web site and mobile apps.

To claim your free month visit:

www.forgottenbooks.com/free1238238

English
Français
Deutsche
Italiano
Español
Português

# www.forgottenbooks.com

**Mythology** Photography **Fiction**
Fishing Christianity **Art** Cooking
Essays Buddhism Freemasonry
Medicine **Biology** Music **Ancient
Egypt** Evolution Carpentry Physics
Dance Geology **Mathematics** Fitness
Shakespeare **Folklore** Yoga Marketing
**Confidence** Immortality Biographies
Poetry **Psychology** Witchcraft
Electronics Chemistry History **Law**
Accounting **Philosophy** Anthropology
Alchemy Drama Quantum Mechanics
Atheism Sexual Health **Ancient History**
**Entrepreneurship** Languages Sport
Paleontology Needlework Islam
**Metaphysics** Investment Archaeology
Parenting Statistics Criminology
**Motivational**

# VITA

## DI

# CECILIA DE' VECCHI

### NATA

# CARRARA-BEROA

### SCRITTA DAL

## PREVOSTO LUCCHETTI

### BERGAMO

DALLA STAMPERIA ANTOINE
1803.

*Fortitudo & decor indumentum ejus,*
*& ridebit in die novissimo.*

Parab. 31.

# PREFAZIONE.

Scrivo le Memorie di Cecilia Carrara-Beroa moglie di Luca de' Vecchi. Non scrivo che quanto testimonj di vista mi hanno riferito, ed io stesso ho veduto. Una virtù casalinga così perfetta piacque agli uomini, ed a Dio; e può essere d'esempio a molti. La fiducia che la virtù in un bel corpo divenendo più grata ecciti all'imitazione, mi ha determinato a questa impresa. Iddio benedica le mie speranze ; e la nostra Eroina sia, come viva, così morta, ammirata, *alla maggior gloria di Dio.*

# VITA

## DI CECILIA DE' VECCHI

### NATA

## CARRARA-BEROA

### §. I.

*Sua condotta nello stato celibe.*

Cecilia de' Vecchi figlia di Ottavio Carrara-Beroa, e di Caterina Tomini-Foresti nacque in Bergamo il giorno 28. Gennajo 1779. e fu battezzata nella Chiesa del SS.<sup>mo</sup> Salvatore. Ambedue i genitori furono di Casato illustre e cospicuo, come ognun sa, e più ancora commendevole per un carattere di cri-

cristiana pietà che ne fece un inalterabile spirito, ed un concetto universale.

Iddio libero dispositore delle sue benedizioni la prevenne in maniera colla sua grazia che fece precedere in lei e fiori e frutti di belle virtù alla stessa primavera dell'umana vita, cioè al primo possesso della ragione. Questi son tanto più belli, quanto più rari, ed indicanti il bel giardino che quell'anima fortunata doveva essere un giorno: e direi anche tanto più sensibili quanto che veduta la breve durata de' suoi giorni preziosi, si scorge da questi che Dio ha voluto anticipare in lei le sue meraviglie, perchè si verificasse, che consumata in breve compiè molte giornate.

Nella infanzia, e puerizia imbecille e leggiera, che non occupa l'uomo che d'inezie e di trastulli, e lo rende nemico della considerazione, del silenzio, della quiete, e della dipendendenza, era amabil cosa vedere in Cecilia una bambina sobria, soavemente, ininquietabile, inalterabile, sennuta nelle poche ed umili risposte che dava, attenta a tutte le volontà de'suoi Superiori, ed esecutrice ammirabile di quanto le veniva detto. Fin d'allora si videro in lei i semi di quello spoglio della sua volontà che nel decorso della sua vita fu singolare ed assoluto.

Non vi fu mai volta che le si dovesse replicare un cenno. Attesta la sua maestra tutt'ora vivente che mai non l'ebbe a correggere, che attentissima alle puerili incumbenze, e agli studj a lei imposti non era possibile trovarla in mancamento, e com'era piena di spirito, e d'intendimento il tutto eseguiva dilicatamente. Per le cose del suo dovere era ben tutta spirito e sagacità, non così per trastulli o bagattelle. Ella non si muoveva dal suo seggiolino, se non le veniva espressamente suggerito dalla maestra; nè

si metteva a fare la sua colezione ( cosa
incredibile ) se dalla medesima maestra
non le veniva detto che · la facesse.
Bagattelle poi, e giuochi a' miscuglio
proprj di quell'età non erano di suo
genio; non ne fece mai. Nessuno strepito, come sogliono fare i fanciulli, nessuna compagna per giuocare, nessuna
alzata di voce; e quel che è più, mai
nè pianto, nè serietà restìa, nè arsa
malinconìa, nè lamento, nè ripugnanza.

Il divertimento, per cui le fanciulle hanno naturalmente tanta passione, i bambocci, erano pure di suo genio, e vi attese con grande diletto;
ma in questo si osservò in lei, che
per quanto le erano care quelle figu-
rine ( il che mostrava coll' allegria quando dalla madre, o dall' ava Tomini
le ne venivano regalate, e col gusto
ed intelligenza con cui le maneggia-
va, poliva, disponeva ) pure 1.° non ne
dimandò mai una, 2.° non si querelò

mai

mai se alcuno se ne smarriva, e se si
frastornava la disposizione che ne faceva, 3.° non mai si fece pregare, nè
mai tardò a tutto lasciare al primo
cenno che le ne veniva fatto, 4.° ( im-
portantissima osservazione, ed esempio
singolare ) non mai ne fece uso, come pur troppo, forse anche innocente-
mente, costumano le ragazze, ad imitare con una non maliziosa, ma però
immodesta maniera gli officj materni,
nè ad imitare insegnando ed appren-
dendo insieme la vanità ed ambizione
femminile. Le funzioni di Chiesa, le
orazioni, l'ornare altarini, il far i pensi dell' obbedienza era il bel divertimento che dava a quelle mascherine,
e il bel gusto che procacciava al suo
cuore.

Una carità sorprendente, e che
per essere stata costante, e continua
fu evidente a tutti si è che mai ricer-
cò nè ai genitori, nè ai due zii Canonici Beroa e Tomini, nè all' ava
Tomi-

Tomini, nè agli altri suoi parenti, che l'amavano tenerissimamente, nè un soldo per comperarsi cosa di gusto, nè una galanterìa, nè un vestito; nè mai mostrò elezione in colori, in panni, in ornamenti, nè mai dimandò la colazione per andarsene a scuola. A tavola inteneriva, e metteva ammirazione. Mai una volta mostrò genio di qualche vivanda, mai ne fece richiesta; persino al comparire in tavola delle frutta, e delle paste dolci, ella che per l'età ne avea un naturale trasporto, e le parea già d'inghiottirle, sinò alcuna volta a venir rossa in viso, decisamente non ne chiese mai. Se le n'era dato ne mangiava, se nò, egualmente serena, ed allegra mangiava intanto del pane, come non le avesse vedute, o non le piacessero nemmeno. Mi si permetta uno sfogo di ammirazione: in una fanciulla questi sono sacrificj di vero eroismo! Si fece persino prova del suo sentimento, e

del

del suo cuore in questo suo stile. Il Canonico zio, e l'ava Tomini, che quasi sempre la tennero presso di loro nel tempo che andò a scuola in Borgo S. Lorenzo, mi attestarono, non senza lagrime di tenerezza, che più volte a pranzo portate in tavola paste o frutta, e datene anche a Cecilia, quando avea cominciato ad assaggiarne, e che interrogata, se erano buone, rispondeva con gran gusto di sì, or l'uno or l'altra le toglievano dinanzi il piatto, dicendo, bastare così, e facevano sembianza di non più darlo a lei; e che per vedere cosa era capace di fare l'andavano tormentando colle alternative, di dare di nuovo, e di ritogliere, nè mai o si fè seria, o diede lagrime, o si turbò, ma sempre serena, e vittoriosa trionfava del rinascente gusto, e al toglimento definitivo si rimaneva ridente ed eguale. Cosa che intenerì talvolta il cuore a quel sincero uomo fatto sul taglio della cordiale naturalezza

lezza antica il suo pro-zio Leonardo
Tomini, che era costretto dire che si
finissero queste da lui chiamate cru-
deltà, che non poteva più resistere a
vederla patire, che la sua Cecilia era
poi ancora una ragazza, e troppo era
Presto per tentarla come santa; ed era
allora che esso le ne empiva il cistel-
lo da scuola per la merenda, e quelle paste e quelle frutta, se non le era
detto di mangiarne essa, divenivano
la delizia delle sue compagne, e massime di quelle che non aveano che un
poco di pane.

Più duro ancora, e più glorioso
per la nostra giovinetta fu l'esperimen-
to che ne fece il pio e consideratore suo
padre. Vedendo esso che mai in tanto tempo ( ella era già circa di dieci
anni ) non avea dimandato cosa che
fosse, nè mai mostrato risentimento di
alcuna privazione, un giorno volle far
prova del calibro della virtù di sua figlia,
e vedere fin dove arrivasse quello spoglio
della

della volontà che omai avea del sorprendente. Venuta pertanto l'ora del pranzo ( e fu tardiva ad arte ), e seduto colla famiglia a mensa cominciò a distribuire le vivande a tutti, ed a lei diede un bel niente. Vennero in tavola i soliti piatti, e quel dì per suo ordine erano dei più stuzzicanti la gola: ne dava a tutti; Cecilia li avea lì avanti, li vedea gustarsi a destra ed a sinistra, li sentiva lodare come buoni, e come ben cucinati : ma a lei niente. Un'altra sarebbe scappata via, avrebbe menato rumore, o abbronzita in volto si sarebbe sfogata a piangere, o almeno si sarebbe ammutolita, e cangiata di colore : Cecilia seguitò sino alla fine a masticare del pane, bevette un bicchier di vino, che le fu dato, allegramente; seguitò a parlare tutto il tempo del pranzo come se avesse goduto di tutto, e mangiato come gli altri. Vennero in fine le dolci, e le frutta: sua ma-

madre non potè più resistere, e le ne
volle dare ; ma il padre ritirò il piatto e non volle : volle fare con immenso
suo patire una prova compita, e Cecilia
ridente continuò via col suo pane, e le-
vandosi tutti di tavola, levossi anch'ella piena di brio, e giuocò subito tutta brillante colla sua picciola sorélli-
na : cosa che cavò le lagrime ai genitori, che quel dì fecero più penitenza di lei ; nè parve loro di poter più
reggere a differire il compenso alla vit-
toria dell'Eroina amabile loro figlia.

Come non ebbe mai elezione, nè
dimandò mai cosa alcuna ; così non ebbe ripugnanza, nè mai diede rifiuto :
cosa che per sino ha dell'incredibile.
Hanno naturalmente i diversi palati
degli uomini diverse le sensazioni, e
la medesima cosa che ad uno è dilet-
tevole, ad altri reca insuperabile na-
usea, e disgusto. Cecilia avrà forse
anch'essa come tutti gli altri provato
quest' effetto dell' organica costituzio-
ne

ne umana : dissi forse, perchè anch' ella era come tutti gli altri; eppure da
lei non se n' ebbe giammai verun in-
dizio. Uno solo tra i cibi ella pareva
non aver forza d' affrontare, ed era la
mostarda. Lo stimolo piccante del senape le investiva talmente la pituita-
ria, e le narici, ed accendevale tutta la testa, che si vedeva poverina mangiare e lagrimare, e talmente tutta in
pizzicore che non poteva ritener le
mani dallo strofinarsi il naso, e sof-
fregarsi gli occhi, e si vedeva propria-
mente che pativa. Una volta bisogna,
che quello sciroppato fosse eccessivamen-
te carico di senape : la buona Cecilia appena ebbe cominciato ad assaggiarne,
che sentendosi inviperire la testa, nè
potendo resistere, disse placidamente
( unica volta in sua vita! ) che non
le piaceva, che ne aveva abbastanza,
e che dimandava licenza di lasciare
quel resto sul piatto : veramente estor-
ta, violenta, e sforzata dimanda, ma
che

che oltre il pregio d'esser l'unica ed inevitabile, ebbe quello di una direi quasi inimitabile, ma certo ammirabilissima pacatezza, e sommissione inalterabile, e che sente di quei prodigj d'obedienza, che rari ammiriamo in quei provetti e rinomati eroi claustrali, che la Chiesa onora sugli altari. Ma non finisce quì il bello di quella battagliuola, in cui parve Cecilia vittoriosa, ma ferita. Il fatto si è che l'ava Tomini presso la quale era allora a pranzo la virtuosa nipote, le soggiunse: cosa era questa novità? si meravigliava come non sapesse superarsi in cosa di sì poco momento: si sovvenisse che Gesù in agonìa dovette bevere ed assaggiare del fiele. Volea di più soggiungere; ma non bisognò, perchè Cecilia intenerita al nome di Gesù in agonìa: *sì signora, la mangerò tutta volentieri*, disse; e subito giuliva si mise a mangiare francamente. Mangiava, e lagrimava, e rideva; le

lagri-

lagrime le scendevano lungo le guancie sino a gocciolarle in seno, e tutta coraggio parlava, rispondeva, e si ci-
bava sino all'ultima stilla di quel senape tormentoso; e nei momenti che non
ne, poteva più, e le pioveva il naso e
gli occhi, dava tenere occhiate verso
il Cielo, e poi seguiva il suo martirio,
e fu allora che promise a Gesù di mai
più rifiutar cosa veruna; il che eseguì
poi fedelmente sino alla morte.

Un carattere di virtù sì elevata,
vittorie e sentimenti di tanto merito
non potevano darsi in una Giovinetta
ripiena di spirito e di vivacità, come
la nostra Cecilia, senza un fondo di
anticipato criterio, e divozione che certo in un'anima così padrona di se
stessa non poteva non essere singolare;
dal che si vide che il suo contegno era
guidato da un giudizioso riflesso che
la faceva operare a sentimento determinato. Godeva moltissimo di averla
seco a continua, direi quasi, compagnia

gnia la sua ava materna Tomini, e
questa racconta, che quando passato
alcun tempo di confabulazione colla
nipote, essa le diceva : *Cecilia voglio
fare le mie consuete divozioni*, Cecilia
si raccoglieva subito in un silenzio così esatto per non disturbarla, che pareva non avesse più fiato a respirare,
più forza a muoversi, ed occorrendole
pure di dovere per necessità o dirle
qualche parola, o chiederle qualche
cosarella, era impreteribile la sua osservazione di aspettare, e spiare il
momento che l' ava facesse pausa, ed
allora le diceva: *adesso posso parlare?*
e dal sì o no di quella veniva decisamente il parlare, o tacere di lei, che
consisteva nelle pure precise parole di
bisogno, e nulla più, ritornando subito in silenzio per la gran paura che
avea di far cosa non buona col dare
il minimo motivo di distrazione alle
preghiere dell' ava. E questo era suo
stile ordinario; bastava si trovasse ove
al-

alcuno leggeva, o faceva orazione, pareva ch'ella più non vi fosse : tanto era il rispetto che avea dell' orazione, di cui vedremo in seguito quanta ella avesse pratica, e quanto sapore. Un solo gusto si scopriva in lei, ed era d'essere condotta alla Chiesa per ascoltarvi più Messe che poteva, gusto però che non palesò mai con una dimanda, ma che si scopriva brillante all'invito fatto le dall'amantisima madre, che accortasi della di lei vivissima consolazione, non preteriva mai di condurvela anche con incommodo, perchè quel dì che non vi fosse andata Cecilia era bensì allegra, ma si capiva che le mancava qualche cosa al cuore. Qui piacemi inserire due righe di compito elogio che di lei mi scrive il degno sacerdote Antonio Ignazio Baldis Parroco di S. Salvadore; le quali danno una viva idea di Cecilia nell' età dai sette ai tredeci anni; eccole: *Ne' sei anni intermedj al mio ingresso alla Parrocchia, ed il*

suo

*suo ( di Cecilia ) nel Monastero , ne'*
*quali ebbi l' onore di dirigerla parve-*
*mi sempre , vedendola , ascoltandola , ra-*
*gionando con lei di trattare con perso-*
*na non già di umana , ma di angelica*
*gerarchia ; sì grande scoprivasi in Ceci-*
*lia l' ilarità del volto , la modestia del*
*portamento , la giustezza del tratto , la*
*compostezza della persona , la purità del*
*cuore , il raccoglimento di spirito , il*
*fervor di preghiera , pregj tutti , che in*
*essa ammirai sempre congiunti al lumi-*
*noso corredo d' altre grandi virtù , e se-*
*gratamente di uno spoglio totale della*
*sua volontà.*

Essendo ella con tale condotta
venuta in età di circa tredeci anni, e
fatta l' ammirazione insieme, e la tenerezza del suo parentado, e di quanti
la conoscevano, ed avendo una sorella più giovine per nome Maria, sua madre, per dare a questa una educazione, come costumano le famiglie
cospicue, sotto la direzione di sag-
ge

ge maestre claustrali, disegnò di col-
locare con la piccola Maria anche
Cecilia, perchè le fosse di compagnia, e conforto, giacchè tanto si
amavano le buone Sorelle, nel Convento di S. Agostino in Treviglio. Dimandò pertanto la madre a Cecilia,
se sarebbe andata volontieri colla so-
rellina in Accademia a Treviglio. Cecilia in cui il *volentieri* o *malvolentie-*
*ri* non avea mai fatto radice, nè potuto mai cosa alcuna con quel suo geniale sorriso, disse che quel che voleva
ella, che era sua madre, era tutto il
suo piacere; e giuliva e ridente dis-
posta egualmente ad andarvi, ed a ri-
manersi a casa, stette attendendo l'ese-
cuzione dei voleri de' suoi genitori.
Anche qui diede una prova del suo generale distacco, e superiorità di cuore
al di sopra dell'età sua, e del suo naturale amorevole ed aperto. Al vederla sempre o stretta alle ginocchia della cara sua madre, o della zia paterna

na Anna Beroa, che tanto l'amava,
o dell'ava Tomini, e da queste quasi
indivisibile; al vederla sì da queste,
che dal genitore, che tanto l'avea nel
cuore che a parlarne piangeva, e dai
zii Canonici Beroa, e Tomini così benvoluta e accarezzata, chiara cosa è che
le dovea rincrescere il distaccarsene.
Avea passati tredici anni con loro, non
conosceva quasi altra persona, avea in
essi tutta la confidenza, vi trovava tutto, e partirsene, e lasciarli tutti d'un
colpo, ed andarne lontana venti miglia
sicura di vederli, Dio sa quando, certo per lungo tempo no, dovea pure
destar in essa un momento di tristezza. Ma nè all'annunzio, nè al partire,
nè nel viaggio, nè nell'entrare in Convento, nè al momento doloroso del
partir della madre che ivi l'avea condotta, mai si risentì, nè diede lacrima, nè perdette la parola, ma piena
di confidenza nel suo Dio, e spoglia
di ogni terrena debolezza, si dichiarò
fi-

figlia di Maria, quella prese per madre, e le si pose in mano. La superiora, la maestra dell' Accademia divennero subito per lei come se fossero unite colla più stretta parentela, e prese per loro immantinenti tutto quell'amoroso rispetto e quella dipendenza che in casa avea eroicamente professata a' suoi parenti.

Stette nel Convento fra le educande circa anni due sempre eguale a se stessa. La sua maestra tuttora vivente ne parla con espressioni di maraviglia, e di tenerezza. In tutto il tempo che fu sotto la sua disciplina, mai una volta la trovò ritrosa a qualsivoglia ordine, mai una volta mancante alle sue incumbenze, mai una volta negligente ne' suoi doveri. Di tutte le regole dell' Accademia non ne preterì mai una, nè mai in tanto tempo ebbe la superiora motivo di rimproverarle alcun mancamento. La prima al lavoriere, la più esatta nei pensi,

si , la più abile esecutrice dei medesimi . Impreteribile era il suo silenzio
nelle ore prescritte ; ed era una specie
di prodigio vederla in mezzo a tante
sue compagne divenuta così muta che
parea avesse perduta la lingua , tanto
nè dimandava , nè rispondeva, nè pro-
feriva parola per qualunque evento , se
l' obbedienza non la faceva parlare .
Allegra nella ricreazione compariva così spiritosa e gioviale che le sue compagne non cercavano altro che la di
lei conversazione ; ed essa era l' anima
non solo delle educande , ma ben anche delle stesse Superiore Religiose .
In sua compagnia non si poteva essere malinconici , così il suo tratto angelico , e le sue parole uscite da un
cuore come il suo innamorato di Dio ,
e pieno di mortificazione , erano pene-
tranti , e toglievano dolcemente il lamento , e la tristezza dalla bocca , e
dal cuore di chicchessia . Sul suo volto poi , sulla sua bocca nè malinconia

nè

nè lamentela non ebbe mai luogo; quale fu in casa paterna, tale in Convento, sempre ilare, contenta di tutto, nè mai rifiutò, nè mai cercò cosa veruna. Tre cose specialmente dieder nell' occhio di tutte, e superiore, e compagne, una cioè l' inimitabile ed inesprimibile suo raccoglimento, e fervore nelle cose di divozione, e negli esercizj di pietà. Quando era in orazione, potea ben cadere la stanza, o il coro dove si trovava, che ella come una statua persisteva immobile, nè vi era caso che o guardasse attorno, o dicesse parola. Nei giorni che ricevea la SS. Comunione pareva tutto il giorno in Paradiso, tanto era inondata di gioja, che le brillavano gli occhi in fronte, e parea sino che prendesse nuova bellezza in volto. L' altra fu, che non si è mai veduta in lei la minima curiosità, compagna inseparabile a giovani donne rinchiuse in monastero. Solevano tutte le educande all' arri-

rivar delle carrozze conducenti al Convento, o qualche nuova educanda, o
parenti d'alcuna di esse per visitarla
accorrere a cercar tutte di sapere, di
vedere chi fosse venuto, parte per il
naturale desiderio di ricever esse la
visita de' loro parenti, parte per il
nativo istinto di vedere chi venisse,
e in qual vestito, e simile: Cecilia non
accorse mai, nè mai dimandò chi fosse venuto, ed anche quando venivano
a visitarla i suoi parenti, massime la
madre, e l'ava Tomini, bisognava che
la maestra le desse ordine di recarsi da loro; diversamente non si moveva. La terza, che appunto in tali
visite de' suoi ella spiegava un carattere di una ammirabile eguaglianza,
che certo dovea costarle assai.. Stava
ella co' suoi con tanta espansione di
cuore, che veramente tripudiava, ma
guardi il Cielo che si fermasse al par-
latorio un sol momento al segno d'una
chiamata altrove, se l'obbedienza non
ve

ve la teneva ; nè che dimandasse mai dispensa alcuna per trattenervisi , nè si lamentasse della brevità , o rarità di tali visite ; nè mai al ripartire delle amate sue genitrice ed ava , o piangesse o si mostrasse passionata; nè mai dimandasse loro cosa al mondo . In somma quest' Angioletta pareva aver gli affetti delle anime beate , che hanno tutto quel che è pregio, virtù, e godimento, e nulla di quello che sente di terra , e di passione .

## §. II.

### *Suo maritaggio, e stato conjugale.*

L' elezione dello stato di vita è stata da Dio data sì propria a chi deve farla che precisamente nessuna autorità vi può portare la sua forza; ed i genitori a' quali è stata dal Creatore affidata la direzione, e disciplina de'

figli,

figli , e che hanno ricevuto un pieno
diritto di essere obbedienti , in questo
articolo non hanno che l'obbligo , e
il diritto di dare consiglio, non mai
quello di comandare, o d'essere obbedi-
ti . Ma la nostra Cecilia era senza volontà , e senza elezione ; lo spoglio di
questa era in lei contemporaneo all'e-
Poca dei primi giorni di sua ragione ,
e per questo l'elezione del suo stato
non dovea aver altro del suo che un
esercizio eroico del costante annientamento del libero arbitrio .

Era allora da qualche tempo ri-
masto vedovo per la morte di Lucre-
zia Pesenti sua consorte Luca de Vecchi, uomo ricco, ed unico dell'illustre
sua famiglia , di carattere quanto amabile , e pacifico , altrettanto sincero ,
ed aperto ; fatto sul taglio di na sana e colta filosofia, amico delle lette-
re e della Religione , passionato per la
caccia , e per far godere splendidamen-
te le sue delizie a' suoi amici , ed a

chi

chi appartiene al suo cuore: questi,
il quale come era nemico della zotica
melensaggine, e di un certo carattere
incolto, non eguale al lustro del proprio stato, così lo era di quella biz-
zarrìa leggera, che senza fondo di vera virtù mette tutto il lustro in una
inutile spiritosa brillanterìa donnesca,
figlia per lo più o di poco intendimento, o di viziosa educazione, o di temperamento di difficile riuscita, e certo
non adattata al genio di un uomo sag-
gio, discreto, e ragionatore; e avendo
dal grido universale sentito farsi elogj
del carattere della nostra Cecilia, e
come bella ( era la sua bellezza sul
gusto delle più belle immagini che si
vedano di Maria Vergine ), e come gra-
tissima, e come quieta e tranquilla,
e come virtuosa, e piena di talento e
di spirito, e come colta, e nemica delle leggerezze, e come non mancante
di quegli ornamenti, che ad una giovine del suo rango erano convenevoli,

la

la fecé ricercare per sua sposa. Casa Beroa che ben conoscea le qualità dell'onorato de Vecchi accettò il partito, a condizione che Cecilia fosse contenta.

Ma due cose ostavano : Cecilia vorrà ella maritarsi ? Certo che una vita così angelica, un' anima che non avea mai avuto il minimo sentore del mondo, è stata sempre aliena da tutto ciò che può piacere ai mondani, che non avea mai guardato in faccia d'uomo, che non vivea che a Dio, che prevenuta in un modo tutto singolare dalla grazia, avea sempre menato una vita celeste, che si Pasceva di orazione, e di orazione sublime, che già godea le più dilicate finezze dell'amor di Dio, che già si poteva dire una santa, ora tanto più che è in Convento, dove tutto essendo un esercizio di spirito, ella ci trova un Paradiso ; un novello S. Luigi, giacchè ne portava anche il nome a gran ragione, una nuova Santa Agnese, come vorrà sentirsi parlare

di

di marito? L' altra si era : e se anche
non ripugnasse accetterà ella il partito ? Ella è di quindici anni ; Luca ol-
trepassa i cinquanta ; ha anche perduta nella caccia la vista di un occhio ;
ella non l' ha mai veduto ; con tutte
le buone qualità che le ne si diran-
no , le si dirà però che è canuto ! Cecilia è prudente , farà i suoi riflessi ,
quanto è probabile che rimanga vedo-
va con figli d' allevare , e quindi quale imbarazzo ! Tali circostanze unite al
carattere , ed allo spirito di Cecilia non
lasciano travedere che si mariterà ; e
certo nessuno di que' che aveano co-
gnizione di lei si aspettava di veder
questo ; il degno Parroco Baldis di
S. Salvadore , che fu suo Direttore dai
sett' anni sino a che entrò in Convento , mi attesta , che gli sarebbe sem-
brata una follìa il solo immaginarselo.

Passati che ebbe Cecilia circa due
anni in Convento, eccole arrivare la tanto cara visita della sua genitrice, e della
zia

zia Tomini. Queste, dopo i cordiali par-
lari dettati dalla natura stessa in incontro di visitare una amabilissima figlia rinchiusa in monastero fuori di
patria, misero in campo il discorso
dell' elezione dello stato; e parea quasi che non sapessero andare col discorso più oltre delle generali teorie; che
deve farsi; che dipende da questa o-
gni bene; che beato chi l' indovina;
ma non sapevano come accostarsi al
punto per cui eran venute. Parlare a
Cecilia di maritarsi, pareva un assur-
do inconcepibile. Cecilia ... maritarsi ... erano due idee in aperta contrad-
dizione visibilissima. Ma le vie dei Santi hanno delle sublimità che misurar
non si possono cogli umani riflessi, e
la Mistica offre un impercettibile mi-
stero nella profonda condotta di Dio,
che presenta dei passi impreveduti, ed
incredibili, e che esigono a forza un
silenzio ammiratore figlio di una tenera venerazione.

Ce-

Cecilia avea fatto un dono così totale della sua volontà in mano all' obbedienza, avea così fisso il chiodo di essere senza elezione riserba, nè rifiuto, che anche nella scelta dello stato non volle saperne di elezione, nè di volontà, nè di riflessi. Tutta di Dio è persuasa che Dio, a cui ella è fedele per l' obedienza a' suoi superiori, vorrà sempre da lei la maggiore sua gloria, e tanto basta. Questa fede in lei tien luogo di riflesso, di esame, di giudizio, e così vero modello del Giusto ammirato da S. Paolo vive di fede. Parli quindi chi tiene presso lei luogo di Dio; il suo sì, il suo no è deciso nel sì, e nel nò di questi. Diffatti ecco l'ammirabile dialogo seguito a Treviglio tra la nostra Cecilia, e la sua genitrice, e zia Tomini; Dialogo, di cui non so cosa vi possa essere di più interessante per un cuore che sia sensibile alle soavi e dolci attrattive della più illibata virtù.

C                                    Ma-

Madre. *Cecilia avete fatta elezione del vostro stato ?*

Cecilia (ridendo). *Oh! senza di lei l'ho io da fare ?*

Zia . *Tocca a voi..*

C. *Tocca a loro, signore .*

Z. *Non sapete che dall' elezione dello stato dipende il bene della vita presente, ed eterna, e che bisogna guardarsi di non fallare ?*

C. *Appunto per paura di fallare io non voglio sceglier nulla: Lei, signora madre, m' ha insegnato che nella obbedienza si fa la volontà di Dio, e non si falla, mi basta questo: eleggano esse, io eseguirò coll'ajuto di Dio .*

M. *E' vostra volontà di farvi monaca, o di star nubile a casa ?*

C. *Quel che dice la signora madre .*

Z. *Siete dunque indifferente ?*

C. *Signora no: ma sono decisa di fare quel che dirà la signora madre .*

M. *Ma no, dite voi .*

C. Co-

C. *Cosa ho da dire? Quel che dirà lei farò.*

M. *Sentite: Accettareste dunque anche di maritarvi?*

A queste parole, Cecilia, come fosse colpita da un fulmine, diede in un dirottissimo pianto; Cecilia, che mai non pianse in sua vita, l'illibata angelica vergine Cecilia alla parola maritarsi, si sentì morire, e pianse così largamente che più non potè parlare, e si dovette troncare la conversazione, e dirle, che andasse pure a quietarsi, che non si voleva da lei se non quel che avrebbe voluto anch'essa. Ritiratasi Cecilia, tutta in lacrime s'incombenzò la di lei maestra di ricavarne la libera volontà tanto per il sì che per il no. La maestra eseguì l'incombenza, e aspettando che fosse rasserenata, le disse, che le si proponeva il partito di Luca de Vecchi, uomo ricco, e onestissimo, dei più discreti e tranquilli

che

che mai vi fossero , e che · le avrebbe
fatta ottima compagnia, come già avea
fatto alla sua prima consorte · Pesenti .
Non tacque la prudente maestra alla
sua cara Cecilia, che però il de Vecchi era in età alquanto avanzata, e che
non avea la vista d' un occhio ; ma Cecilia, che già avea fatto il sacrifizio
della sua volontà , null' altro mai rispose , senonchè era superfluo , che a
lei si dicesse tutto ciò , ch' ella non
avea altro da pensare; poichè avea sta-
bilito di non vóler mai null' altro se-
non ciò che vólea la sua Signora madre : e divenuta in quel cimento maggior di se stessa , acconsentì al propostole collocamento. *Al sentirmi parlare
di maritarmi , non ho potuto , è vero ,*
diss' ella , *trattenere il pianto* ( sì pro-
fonde radici avea scolpite nel suo cuore
l' amore della castità ), *ma quel pianto
fu improvviso , nè io voglio che sacrifi-
care intieramente la mia volontà ; così
ho deciso a costo di morire.* L' affet-

tuo-

tuosa maestra, non so se più allora af-
flitta nel vedersi vicina a perder la
compagnia a lei sì cara dell'amabilissima Cecilia, o piena di ammirazione
insieme, e di giubilo nello scorgere in
sì tenera pianta da lei coltivata frutti
maturi di consumata virtù, scrisse alla
madre, che la sua Cecilia avea accettato
il propostole partito. Dopo due giorni re-
catasi di nuovo la genitrice a Treviglio
insieme coll'unico suo figlioletto Guido
impaziente di rivedere l'amatissima sorella, trovò la virtuosa Cecilia dispo-
sta a lasciare quanto avea di più caro
in quel sacro recinto, e fatti i do-
vuti ringraziamenti a quelle religiose,
e distintamente alla sua maestra nel
Settembre del 1794. partì da Treviglio, e fu ricondotta alla casa paterna;
e a' 25. Novembre dello stesso anno
fu sposata nel privato oratorio di sua
famiglia in Bergamo.

Così Cecilia entrò nel rango delle Brigide, delle Elisabette, delle Mar-
ghe-

gherite, delle Eduigi, delle **Angele da Foligno**, delle impareggiabili **Caterine Fiesco** di Genova, e vi entrò per la via di una virtù sublime, e superiore ad ogni vista, e di un annientamento senza esempio.

I Santi sono eguali a se stessi; e nei diversi stati in cui li colloca la divina providenza offrono lo spettacolo ammirabile di cui parla l'Apostolo, di una luce indefettibile; ed è proprio vero quel che dice lo Spirito Santo che i Santi non patiscono alternazioni, come la luna, ma sono sempre belli come il Sole.

Cecilia che nubile fu una ammirabile figlia, maritata fu una, direi quasi, inimitabile sposa. La differenza dello stato, la diversità dell'età del marito, la differenza anche delle costumanze, ed esterne convenienze non fecero in lei veruna differenza di carattere, di umore, di lena, di spirito, di serenità. Ella fu subito perfetta nel

suo

suo stato; ella ebbe tosto un affetto così cordiale e sincero, netto e totale al suo consorte qual l'ebbe, forse per pochi momenti Eva innocente all'unico uomo al mondo il caro suo Adamo.

E verameute il suo Luca de Vecchi fu per Cecilia uomo unico al mondo. In poche parole ella non ebbe, nè mai volle corteggio, nè servitù, nè amicizia di chicchessia. I suoi occhi si chiusero in morte, senza aver appreso nè a ferire, nè ad esser feriti, nè dare sguardi, fuorchè innocenti al suo marito. Una volta che un ricco e manieroso giovine fu con lei in onesta conversazione, e le usò attenzioni e polizie, ne provò essa una da lei creduta alquanto viva sensazione. Non mancarono allora a molestarla alcuni scrupoli e timori, ma benchè se ne accusasse nelle confessioni sue, non si potè però mai scoprirvi un'ombra sola di colpa.

Da

Da qui nasceva la totale e tran-
quillissima amorosa dedicazione al suo
consorte ; per questo il suo cuore sempre amante; sempre quieto, e sempre
contento produceva in lei quella eguaglianza , ed allegria saporita ed inalterabile , che si ricorda tuttora da chiunque tratto seco lei con lacrime di
tenerezza e di indelebile ammirazione.
Ed io stesso che più volte ebbi la fortuna di trovarmi seco a Bergamo, ed
a Carvico , so che la di lei conversazione aveva un non so che di soave
superiore all' umano, che contentava lo
spirito e il cuore in maniera affatto
nuova, e che nei momenti di sua as-
senza era universale il panegirico di lei.
Ella era sempre eguale, sempre allegra,
sempre serena, e sempre maestosa ; le
sue maniere erano a tutto punto il ritratto della convenienza, della cordialità e del decoro : amore , confidenza
e rispetto erano contemporaneamente
ispirati dal suo contegno; il suo cuore
di-

distratto da nulla , era sempre presente a se stesso , e quindi presente a tutte le convenienze , e a tutte le circostanze d'una maniera invidiabile e giubilante .

Avea ella trovato nel suo marito tutti i caratteri , che poteano aver ascendente sul di lei cuore . E' facile immaginarsi quali poteano esser le brame di quest' anima singolare , quali i desiderj e le ripugnanze di questo cuore , che non avea desiderio che della gloria di Dio , nè ripugnanza che a quello che potesse in qualche modo impedirgliela . Quindi nessuna in Cecilia di quelle voglie , che nelle spose del suo rango , dell' età sua , della sua avvenenza , delle sue doti , del suo spirito vivace , e del suo talento , sogliono essere comuni sino a diventare passioni , come sarebbe a dire , la brama di comparire , l' ambizione , la gara , le brillanti compagnie , il pascolo di passatempi , il geniale corteggio , e simili miserie .

Taglierò corto, e dirò vero: Cecilia non ha mai ( si riconosca la sua eguaglianza di carattere ) dimandato un abito, non ha mai cercata una comparsa, non ha mai richiesta una brillanterìa, non ha mai mostrato voglia di uno spettacolo, o di un divertimento; di corteggio non nè ha mai voluto sentirne parlare. Egualmente ilare e pronta non ha mai rifiutato un nuovo abito, una gala, una moda, purchè rigorosamente modesta, una comparsa. Le bastava di conoscere essere di genio del suo marito, che si abbigliava in gran gala, nè lasciava di comparir tra le prime dell'ordine suo. Non rifiutava intervenire agli spettacoli, e fin'anche ai teatri, del che parleremo in appresso. In somma in Cecilia non mai una ricerca del mondo muliebre, nè mai una anche piccolissima opposizione a quanto le venìa dal marito offerto, e suggerito.

Era-

Erano le sue brame, la sua quiete, il suo tempo per le divozioni, una tranquilla libertà per accostarsi ai SS. Sacramenti, un disimpegno di conversazione, un arbitrio sulla scelta delle mode per non compromettere la sua modestia angelica, un godere la sua famiglia, ed il suo ritiro domestico, le visite alla casa paterna e materna, e simili. E Luca de Vecchi, che nudriva per lei uno sviscerato amore, ed una eguale ammirazione; e in lei riconesceva una sposa piena della più innocente tenerezza, delle più innocenti maniere, e fornita d' una virtù tutta singolare, Luca de Vecchi si sarebbe creduto di essere il più cattivo uomo del mondo, se non avesse impiegato tutta la tenerezza e sollecitudine in espiare i di lei desiderj, e non le avesse data tutta senza riserva quella libertà di spirito che le era sì cara. E perchè non bastava questo a Cecilia, che non voleva libertà, nè avea

ele-

elezione, dovette fin dirle : *Cecilia*, *il maggior piacere, che io possa aver da voi, è quando vedo voi contentare il vostro spirito;* e questi erano per lei i più cari regali del mondo . E ben potea dirle così francamente, ben potea darle tutta la libertà, ch' era sicuro, che non se ne sarebbe abusata giammai . E qui basti il dire ; che Luca de Vecchi ha a me protestato, che mai una volta ha avuto motivo, nemmen leggerissimo, di scontento da Cecilia, e che Cecilia non è mai stata una sola volta malcontenta di lui ; e che la morte gli ha tolta la sua consorte prima che sia seguito il menomo raffreddamento di una confidenza primitiva, e di una inalterabile reciproca armonìa innamorante: il che può ben dirsi, ma poichè non è del numero delle cose ordinarie, non è facile immaginarsi, massime nelle circostanze di tanta differenza d'età; ma una virtù rara produce effetti anco rarissimi .

Da

Da qui nasceva quella franchezza cordiale , che rendeva sì gustoso il trattare di Cecilia , e quella libertà serena, che insieme univa una impreteribile osservanza delle convenienze di maritata colle virtù da santa . A proposito di convenienze è da ammirarsi come l'aver sentito dal suo marito , che le osservasse e si facesse onore , dall'obbedienza le apprese in sommo grado . Il fare le sue visite di complimento nei tempi di costumanza , e al ritorno da campagna , il riceverle , il restituirle , fu da lei osservato con una esattezza senza rimprovero , e col tuono di una pulizia a tutto decoro . Era solita dire , che questo era uno dei doveri del suo stato , e cosa che piaceva a Dio , e che faceva schivare dei grandi peccati di mormorazioni , di sospetti, di discordie, e che però non ci avrebbe mancato a costo di qualunque incommodo , e sacrifizio . E veramente era per lei un sacrifizio il doversi abbigliare , mette-

tere in gala , tormentare i capelli se-
coudo, la moda , l' impiegarvi il tempo ,
che dovea togliere al suo ritiro e alla sua
divozione ; il dovere per più giorni trattar solo in grandezza, e molto stare
in superfluità di parole .. Quanto alle
importunità delle stagioni, ed all' incommodo delle gite non ci badava ;
queste anzi eran cose per lei di grande aggradimento . In queste ella spiegava un carattere egualmente dolce che
maestoso, una sincerità nativa, un sen-
no gradevole . Sapeva bene con un
ameno sorriso medicare , interrompere ,
fermare, sapea bene con certe sortite
stupende render brillante e saggia insieme la conversazione . E ben potea
farlo , perchè ella possedea de' fregi non
comuni alle sue pari giovani spose .
Ella non affettò mai di saper nulla ,
e però gli ornamenti del suo spirito si
scoprirono in lei a certi tratti furti-
vi, che sfuggivano alla gelosissima sua
umiltà, come il suo così esteso , e così

pre-

presente sapere di geografia, il suo così ben saper leggere, e scrivere francese, il suo così compito ornamento di cognizioni storiche, e massime sacre. Era una delizia il vedere farla cader nella rete, e farle spiegare le sue cognizioni nascoste: talora per azzardo, talora ad arte si quistionava nella sua conversazione sul teatro delle guerre, sul sentimento di alcun autore Francese, sui fatti storici; ella ascoltava, e taceva, solo dal brillare del suo sorriso si conosceva, ch' ella vedeva il dritto, e il torto; e all' improvviso dal marito, o da altri colta, e interrogata, che ne dicesse, ella rispondeva con una sì giusta precisione, che persino quei che pensavano aver ella torto, col confronto delle carte, e dei libri, vedevano, che non errava, e non errò di fatti giammai. Ben è vero, che allora arrossiva, come una bragia, e si affrettava di nascondere quel che più non era possibile celare.

I do-

I doveri del suo stato le erano così a cuore , che a questi allegramente donava tutta la sua cordialità sincera e leale . Le attenzioni al marito erano di tutta finezza , e continue . Guardi il cielo , che una volta gli usasse una disattenzione ; ella lo avea così impresso nel cuore , e nella mente , che pareva fino gli leggesse i pensieri nell'anima, ed i movimenti del cuore ( effetto del non aver mai diviso il suo cuore , nè mai praticato altro uomo al mondo ); sicchè Luca tante volte le dovea dire con giuliva sorpresa: *chi ve l'ha mo detto?* Ella avea un tenerissimo trasporto per la santa Comunione Eucaristica ; ma per non esser causa che il marito si svegliasse , non si alzava di troppo buon' ora , e in alta orazione attendeva il momento di volare al pane degli Angeli , e colla fede passava i muri , e si recava innanzi al sacro Ciborio in ispirito . Nulla di quel , che a tutta pulitezza si richiedeva per lui, permise mai che gli mancasse.

Avea Luca una figliuola, di cui era stata madre la sua prima consorte Pesenti. Io sono testimonio delle agitazioni del buon padre rapporto a quest' amabile sua figliuolina; io l'ho più volte sentito, prima del suo maritaggio con Cecilia, parlar con affanno di questo tenore: bisognar che di nuovo s'accasi; perchè chi avrà mai da fare da madre alla sua Flaminia; non avendo altre donne in casa, ed essendo ella di tre anni appena? Ma, e sotto una matrigna come anderebbe poi? cosa toccherebbe provare alla sua Flaminia? Quindi è facile l'immaginarsi quanto fosse poi grande la consolazione ch'egli provava, allorchè vedeva che in Cecilia avea trovata la sua Figlia una tenerezza quasi più che da madre naturale. Di questo egli se ne espresse con me più volte, e si godea tutto, e mi facea notare le reciproche confidenze di Cecilia e di Flaminia, e non peteva talvolta trattenere le lagrime. Beate

D le

le figlie pupille, che trovano le secon-
de madri di questo taglio : il nome di
matrigna si depennarebbe dalla lista
dei vocaboli, e non farebbe più il ter-
rore della tenera età, se tutte fossero come la nostra Cecilia . Ma essa era una
Santa, e la santità non è mai brusca,
scortese, ed indiscreta, ma amabile, ed
amorosa. Abbiamo tuttora sott' occhio
la tanto cara alla nostra Cecilia, la
due volte pupilla Flaminia, che rima-
sta inconsolabile all' inaspettata perdi-
ta della cara sua pro-madre, non può
sentirsene ricordare il nome per la profonda passione che la costringe a piangere. Egli è ben vero che le qualità
di Flaminia, l'attaccamento che le
mostrava, la confidenza che le profes-
sava potevano molto contribuire a quella cordiale tenerezza, ed a quell'affetto che Cecilia le portò sempre, ma ol-
trechè queste pure in gran parte eran
figlie delle attenzioni amorose della pro-
madre, la cosa veniva da più alta sor-
gen-

gente. Avea ella inteso che era suo dovere l'esser madre della fanciulla, che da lei dipendeva la felicità di essa; che la gloria di Dio ci stava altamente: bastò questo; perchè il suo cuore pieno di una nativa scintillante dolcezza spronato da tali motivi passasse le mete delle naturali attenzioni materne in tutti i rapporti. Quindi l'educazione, la custodia, l'ammaestramento, l'attenzione ai bisogni, lo studio delle inclinazioni, l'arte di adescarne il cuore, l'impegno per ispirarle nell'animo sentimenti simili a' suoi, furono per Cecilia un offizio che tutta dolcemente l'occupava, e che esercitò in maniera da vincolarsi indicibilmente il cuore e lo spirito della figliuola.

Trovandosi ella unica donna padrona, concepì subito l'idea del suo dovere nella sorveglianza dei domestici, attesochè questa pare specialmente demandata alle padrone, e perchè gli uomini si stanno di meno in casa, e

per-

perchè hanno tutti gli altri pesi di famiglia cui prestarsi. Cecilia l'intraprese da pari suo. Ella non voleva sentire la voce della discordia, inevitabile tra le persone di servizio ( *genus servorum querulum* S. Girol. Ep. 43. ) addette a' diversi officj, e con relazioni reciproche. Quindi al primo sentire una voce più alta del solito, subito ella compariva, e con un aria di letizia, con uno sguardo brillante, con un sorriso giulivo, che pareva un Iride di pace, con un bello *che c' è?* tutto era finito. E qui bisogna dire ch'ella sapeva poi parlar così bene della pazienza, e della concordia, e che si tirava così seriamente in un' amabile maestà, quando avesse trovato un momento di renitenza, che tutti per rispetto, e per amore si guardavano bene dal darle un dispiacere che conoscevano ferirle il cuore. Anche la Colomba benchè senza fiele sa talvolta quasi a rimprovero corrucciarsi, e ferire

leg-

leggiermente col rostro. Cecilia, la
buona Cecilia senza fiele, non risparmiava le correzioni dovunque bisognavano, ed avrebbe ella avuto grande scrupolo a' preterirne sol una; ma queste
erano veramente evangeliche, non mai
fuori di tempo, non mai con passione, non mai con disprezzo, non mai
in presenza altrui, se non era necessario, ma con ragione, con carità, con
dolcezza, con forza, e per lo più le
rinforzava colla generosità della mano,
che obbligava chi la riceveva in tutti
i modi; e questo è il perchè tutti i
domestici di sua famiglia l'ammiravano, ed amavano tanto in vita, ed ora
che l'anno perduta ne sono inconsolabili. Ella voleva che tutti attendessero agli esercizj di Religione con esemplare premura, ed ella era solita
dire che Iddio Signore è il primo padrone degli uomini, che è padrone dei
padroni, e che i suoi domestici erano
prima creature di Dio, ed avean con

Dio

Dio il primo e principal dovere. Voleva che frequentassero i SS. Sacramenti; ed ella era la prima a' darne loro l'esempio, e s'informava se vi si erano accostati. Guardi il Cielo che lasciasse loro perdere la dottrina Cristiana. Vi andava essa, e volea vederli assidui ed attenti. Persino a Carvico, luogo di sua Villeggiatura, ella non preteriva di recarsi colle cameriere, e tutte le feste alla Dottrina, e alla Predica, e pure il suo palazzo era distante quasi un miglio della Chiesa, e non era ombreggiata la strada, sicchè bruciava essa sotto i raggi del sole estivo, ed autunnale nell'ore vicine al mezzogiorno: quindi arrivava, e ritornava tutta infuocata nel viso, e bagnata di sudore. La pioggia, la neve, il fango non la trattenevano, e pareva, al sentirla, che fosse per lei una spiritosa genialità di una gita, e di un divertimento. E quando l'intempérie dell'aria erano poi eccessive, Luca il

suo

suo marito era costretto dirle che si
fermasse in casa per non rovinarsi; Luca la vedeva che ci pativa, ma obedi-
va subito, e chiamate le donne e i domestici in una sala a suono di Cam-
panello, ivi faceva loro fare tutte le
recite consuete; poi essa spiegava la
Cristiana dottrina del Bellarmino, e
parlava loro di Dio in maniera che ne
restavano inteneriti ed ammirati, e com-
punti a segno che tutti quei di casa,
e i contadini abitanti vicino al palazzo desideravano più volte che alla fe-
sta piovesse e pregavano il di lei marito che la facesse fermare, perchè dicevano, e l'han detto anche a me, che
le dottrine, e le belle cose dell'anima
che diceva loro, la buona Padrona non
le aveano più sentite, e che le di lei
parole andavano loro tanto dentro del
cuore che non ne sarebbero mai par-
titi, e restavano con una avidità grande di tornarla a sentire; e che in is-
pecie quando parlava loro della paura
del

del peccato, dell'amore di Gesù in a-
ver patito per noi, e nello stare nel
Santissimo Sacramento, e più di tutto della presenza di Dio, pareva un angelo del Paradiso che parlasse. E quando potea dire, *nessuno*, *nè anche delle
Cassine ha perduto Dottrina*, giubilava,
ed era allora che mangiava anche più
di buon gusto a tavola. Del resto, se
era solamente possibile, si recava alla
Chiesa, e soleva dire : *i contadini guar-
dano a noi, e quando non ci vedono
alla Chiesa ne mormorano, e ne cava-
no cattivo esempio ; e noi siamo obbli-
gati a schivar questo scandalo ; e quando vedono noi in Chiesa a Predica, e
Dottrina ci stanno anch'essi ; e ne par-
lano dopo tra di loro, e serve ad essi
di stimolo a far bene, e formano concetto della parola di Dio.* Era poi un
bel vedere le contadinelle del suo vi-
cinato aspettare ad arte che anch'ella
s'inviasse alla Chiesa, farsi d'intorno a
lei piene di riverenza, e confidenza, ed
essa

essa ilare, giuliva, e maestosa trattar con loro, e regalarle di avvisi di spirito. Ella avea sempre questo corteggio come le Caterine Fieschi in Genova, come le Elliot, e le Fremiot in Francia. In Chiesa poi ella decisamente assisteva alla Dottrina, facendo dire l'Orazione domenicale alle fanciulle e recitare il Bellarmino alle grandicelle; ed era una tenerezza il vedere che tutte correvan da lei, e pendevan da lei, come da un oracolo, che le volevano tanto bene che parevano incantate intorno a lei, e trovandola ancora fra la settimana, le dimandavano rispettosamente, e confidentemente, se anche Domenica avrebbe loro fatto dire la Dottrina.

Le orazioni giornaliere in casa Vecchi non si perdevano mai, e tutte le sere all'ora discreta, Prima di cena si levava dalla conversazione, e si recava in cucina, dove radunava tutta la servitù, e ben anche i cacciatori, la

dove

dove d'ordinario la seguiva tutta la
conversazione, ed ivi diceva con tutti
il S. Rosario ed altre orazioni con dis-
crezione. Al vederla comparire tutti si
allestivano all' orazione, ed ella presa
in mano la corona si inginocchiava im-
preteribilmente in terra in mezzo della cucina, ed era superfluo presentar-
le appoggio, o comodo veruno; si stava ritta sui ginocchi; il che obbligava per amoroso rispetto a fare lo stesso anche i circostanti. Era poi ella così esatta nel pronunciare le orazioni,
così discreta nel numero che se ne trovavano tutti contenti. Perchè mò in
Cucina? *Noi potevamo dirlo in luogo
più comodo*, diceva ella, *ma il buon
cuoco, e gli altri che non puonno partire di qui l' avrebbero perduto; e loro
ne rincrescerebbe assai;* e rivolta ad essi, *non è vero?* diceva; e così stava un
poco anche con questa povera gente,
dicendo che a star sempre in signoria
si annojava. Ed ecco una delle cause
che

che faceva dire ai Domestici, che la
loro Padrona era una Santa ; che era
Peccato usarle una disattenzione, e che
era un Angelo.

Ma anche l'ammirazione, e l'amore non arrivano sempre a vincere il
temperamento, ed a comandare all'in-
dole particolare delle persone. Quindi
più volte da alcune persone di servizio
fu negletta, e soprafatta in gran maniera ; ma essa eguale a se stessa mai non
ne fece parola col marito, nè con chichessia, e per qualche anno soffrì con
*incredibile* pazienza il temperamento,
ed il tratto di certa persona di servizio, e l'avrebbe sofferto anche di più, se
la cosa non si fosse inoltrata a segno
che il marito se ne accorgesse da se,
e non vi avesse sul momento rimedia-
to. La carità di Cecilia che tacque,
e sommerse tutto ; obbliga me pure
a non prolungarmi di più su quest'articolo. Solo vi aggiungo che mai non
si è lagnata di veruno, che anche av-

vertita da altre persone dei mancamen-
ti che le veniano praticati, solea ris-
pondere : *povera gente fa anche di più
di quel che può ; se fossi anch' io nel
suo caso non sarei buona di far tanto,
non bisogna esser poi tanto sottili ; perchè anch' essi sono creature di Dio, come noi.*

Ella è ben cosa facile ad idearsi che
un' anima di questo carattere dovea
essere caritativa, e limosiniera. Dirò
molto in breve: all' occasione del suo
maritaggio, suo zio il Canonico Beroa
Curato della Cattedrale le regalò una
borsa di dinaro ; un simile regalo le
fece suo marito. Ella fece ben presto
a prendersi i suoi minuti piaceri, e
cominciò a far limosina, e dare quel
che le veniva in mano. Ed avendo
sentito che quei dinari erano suoi, e
ne facesse quel che voleva, addio du-
cati e pezze a' poveri, a storpii, a donne sclamanti, a' pitocchi, sicchè in
pochi giorni li ebbe finiti, e come
que-

questa gente accattante è indiscreta,
l' affollavano, e l'assordavano, e quando non n' ebbe più, e che dovette re-
stringersi ad un' ordinario discreto, la
pagarono per sino di villanie, che furono il più bel giojello della corona
della sua carità, perchè da lei ricevute come una graditissima ricompen-
sa, e ringraziamento. Tutta la sua
mezzata andava così. Per sè non is-
pendeva un soldo; ci pensi il marito,
ed egli ben lo facea di core; e più
volte le dicea ridendo: come state di
denari? ne averete molti? ed ella ridendo faceva capire che non vi era
pericolo che ne avesse, e ben sapeva
il marito che se ne bramava, era soltanto per soccorrere i poverelli. Mi
disse egli medesimo, che se Cecilia
non fosse stata donna veramente da
per se conoscitrice del dovere d' una
madre di famiglia, avrebbe consumato
tutto in pochi anni. Era la sua carità regolata alla presenza di Dio, e

na-

nascosta in Dio ; quindi fu dopo la
sua morte che si scoprirono a Bergamo , e massime a Carvico le sue grandi limosine secrete , sicchè quella gente protesta d' aver perduto in lei una
Madre , ed una Santa.

## §. III.

### Suoi esercizj di spirito.

Un carattere così compito , ed inalterabile di virtù , e sopra tutto que-
la sua pace serena , quel suo gaudio
nativo e schietto, quella sua ilarità gio-
conda, quella sua bontà senza fiele ,
quella sua imperturbabile quiete, che
secondo S. Paolo sono i veri frutti naturali dello spirito , non potevano in
lei essere così singolarmente riuniti senza una vita interiore di grande pietà.

La vera pietà cristiana è la vita
del Giusto, che secondo S. Paolo vive

di

di Fede ; questa ha il suo carattere di
vita , la sua forza vitale, i suoi stimoli ; i suoi esercizj, che quando vanno
quadratamente ad equilibrio formano il
massimo eccitamento salubre al cuore,
onde risulta quella vita di perfezione
senza eclisse che somiglia al Sole. (*ful-
gebunt Justi sicut sol*) e se avviene,
che o uno smoderato esercizio, o sottra-
zione, e disuguaglianza di stimoli, e di
alimenti sconcerti l' equilibrio, è ne
venga o l' infedeltà a Dio, o l'accidia,
o la presunzione, e l' impossibilità, allora lo spirito, e la pietà perde il suo
vero carattere di somiglianza a Dio,
che è immutabile, e si verifica nell'a-
nima di questa fatta il rimprovero dello Spirito Santo: Lo stolto si cangia
come la luna *stultus ut luna mutatur,*
da questo deve inferirsi, che siccome Dio padre amoroso non manca mai
di fornirci delle sue grazie, che sono
la forza vitale del nostro spirito, un
anima fedele alla grazia arriva al col-
mo

mo della perfezione. La fedeltà poi consiste in corrispondere alla grazia tsessa nel ricercarla continuamente, e nel togliere ogni impedimento alla medesima. Quindi si può dire, che lo spirito viva di questi tre alimenti : raccoglimento, orazione, mortificazione ; da questi deriva poi tutto il corredo delle cristiane virtù, perchè l'anima in solitudine, e in silenzio si leva sopra le umane debolezze ; l'anima nella preghiera si unisce al fonte d'ogni perfezione, e ne riceve la più intima comunicazione ; l'anima nella mortifizione si avvezza a non vivere che secondo la ragione, e la fede, cioè secondo la gloria di Dio, nel che consiste la vita del consumato, é perfetto sapiente.

Premessa questa breve dichiarazione vediamo la nostra Cecilia intenta alla coltura del suo spirito, ed alla fedeltà a Dio. Già bisogna confessare che quest'anima rara è stata prevenuta dalla la libera onnipotente misericordia di Dio con quelle benedizioni speciali che rare comparte e solo a certe anime negli eterni giudizj liberamente, e sovranamente predilette, quali vediamo donate ad un S. Luigi Gonzaga, ad una Beata Angela, ad una Beata Rosa da Lima, perchè ed a giudizio di chi l'allevò nell'educazione, e ad asserzione de' suoi direttori di spirito, e ben anche alla sincera esposizione che ella fece del suo interno prima di morire, e nella confession generale che fece nell'incontro della solenne missione fatta nel 1800 in S. Maria Maggiore, alla quale con universale ammirazione, e grande incommodo intervenne sempre, e non perdette nemmeno un principio di predica, e ci volle sempre tutta la servitù ( esempio raro e degno d'esser il modello delle sue pari ) si può asserire francamente, che un peccato veniale avvertito e volontario ella non l'ha commesso in sua vita, e potè come

E                                   Lui-

Luigi dire sulla sera della sua giornata alla vista della morte di non aver
mai avuto pensiero cattivo in mente,
e che temeva d' aver poca gloria in
Paradiso perchè non avea avuto da com-
battere contro i pensieri suoi, nè contro i moti non buoni del cuore, perchè
non ne avea avuto mai: solo si confor-
tava d' aver letto che così era accaduto
anche a S. Luigi, che era il suo più
caro avvocato ( la somiglianza fa nascere
la speciale dedicazione ).

Questo, che certamente è privile-
gio, fa il fondo d' oro del manto dell'
anima regina, che stan a' fianchi di Dio,
su cui la fedeltà forma poi il bel ri-
camo de' varj fiori, che sono gli ornamenti delle virtù. Ma questo medesimo non si trova giammai in un' anima che non sia fedele, e la fedeltà alla grazia di Dio sostenuta dalla grazia
medesima forma poi il bello d' un fondo così prezioso. Ben si scorge se un'
anima è da Dio eletta a questo gran
be-

bene, e se ella vi arriverà, dallo spirito di raccoglimento che par nato coll' uomo, e va crescendo dolce e tranquillo cogli anni. *Guiderò l' anima in solitudine, e parlerò al suo cuore*, disse Dio. Se l' anima lo segue, la bella sorte è decisa. Cecilia il seguì ed ecco il perchè ebbe sì gran fortuna. Uno spirito di ritiro, un' aria di raccoglimento, un sistema. d' interno silenzio, un disgusto delle frivolezze, un gusto singolare della tranquilla attenzione furono fin da bambina i primi sintomi della sua vita di spirito. Questi sono poi sempre andati sviluppandosi maggiormente, sicchè si può dire che la sua vita fu un continuo raccoglimento. Fatta grandicella, i suoi pensi, i suoi doveri, l' anima sua facevano tutta la sua occupazione. Ella non parlava mai di sortire di casa; ancora sortendo, i suoi occhi non aprivan la porta al cuore; nessuna curiosità, nessuna voglia li moveva. Anche maritata in quel tempo in cui do-

vet-

vette come sortir dal nido, e comparir nel mondo, il che eseguì con tutto decoro, ella non si divagò giammai. Fu più volte osservata appostatamente che nei giorni ne' quali si metteva in gala stando lunga pezza alla toeletta sotto le mani della cameriera, o di esperto Perucchiere, così volendo suo marito perchè tra le sue pari comparisse da pari suo, ella mai non alzò gli occhi a mirarsi nello specchio, e non seppe mai com' era pettinata, e dicea sempre che la fattura andava bene assai. Andando per via bisognava che o il marito, o le sue cameriere l'avvertissero di render il saluto, perchè per lo più non vedeva nessuno, e camminava raccolta ad occhi verso terra. Condotta al Corso, o a qualche spettacolo ( e vi andava per compiacere il marito allegramente ) sen ritornava, che ne sapeva poco più che prima d'andarvi. Ella non dimandava mai nulla, nè mai ricusava come sappiamo che

fu

fu suo costume sempre. Ma si vedeva chiaro che quando poteva fermarsi in casa, o ritirarsi in Campagna, il suo cuore trionfava, talchè suo marito intento a procurare a quest'amabile sposa ogni aggradimento, volendo pure darle sollievo colle gite in carrozza, e vedute di spettacoli, in fine bisognò che si limitasse a ben poca cosa, perchè vedeva bene, che piuttosto che sollevarla, i divertimenti le toglievano la sua più cara delizia, e che ci perdeva piuttosto che guadagnare. Di ballo poi, di festini di danze ella non n'ha voluto saper mai, nè mai ha voluto intervenirvi, nè sentirne parlare.

Trovandosi ella una sera in un'adunanza di numerosa gente d'ogni classe, e sentendo che si volevano introdurre alcuni discorsi ne' quali si portava come in trionfo il libertinaggio, e la licenza, e si mettevano in derisione gli oggetti e i ministri del Culto, balzò ella tosto in piedi rossa come

una

una bragia di fuoco ( e fu l' unica volta che si vide in collera ) ed, *andiamo*,
disse a chi la dovea accompagnare,
*andiamo da questo luogo*. E interrogata
poi quando ritornò a casa, dove fosse
stata rispose : *sono stata alla casa del
Diavolo*, e poi sorridendo soggiunse :
*ma ne sono però scappata via senza
scottarmi*.

Per il Teatro non opponeva un
deciso no, ma erano tante le eccezio-
ni che vi faceva, le precauzioni che
esigeva, che ben vedevasi che ci andava per dovere del suo stato, e non
altro, e vi stava poi esemplarmente.
Al suo palco nessun visitatore, nessun
complimentario, nessuna leggerezza,
nessuna smorfia mondana : sola col
marito, o a casa, in altra guisa non occorreva parlarne.

Di corteggi, di servitù mai nulla ; sicchè il suo cuore non ebbe mai
che un affetto solo, come abbiamo già
detto. In casa pertanto che faceva ella?

la? Compagnia al suo marito, conversazione compita da dovere ad ospiti, a
visite; recavasi dalle cameriere per l'is-
pezione della buona condotta, eserci-
tavasi in lavori di sua portata, ed era
eccellente in ogni ramo di donnesca
manifattura. E poi? e poi la sua camera, il suo gabinetto, ove co' suoi libri stava le ore sola. Quando io l'ho
più volte visitata, l'ho sempre trovata
chiusa nelle sue stanze, e chiamata sortiva sul momento, ma si scorgeva che
veniva d'alto. Occorrendo che per aspettare il marito al pranzo, e questi
trovandosi per affari costretto a pro-
trarne la sua venuta a casa, l'ora del
pranzo andava di là dalle misure; ella
si stava nelle sue stanze contentissima,
ed all'arrivo del consorte sortiva allegra, e piena di soddisfazione; e dicen-
dole egli che era un pò tardi, ella francamente rispondeva; *a me pare di no*;
ed era in questi incontri che alcune
volte le scappava di bocca quasi all'
im-

improvviso che il maggior piacere che poteva avere, era quello di godere alcune ore di solitudine nella sua camera. E perchè pensava ( e non s'ingannava ) che una donna maritata è dipendente decisamente dal marito nell'uso del suo tempo, essa non mancò nemmeno in questo, e chiese a lui se le accordava di passar le sue ore in ritiro a suo modo ( cioè con Dio ) alla quale improvvisata: *anche tutto il dì se vi piace*, soggiunse il marito; e confessò poi egli a me che allora dovette dissimulare, e volgersi altrove, perchè intenerito si sentiva da non poter trattenere le lagrime. Avuta questa ampia libertà, ella si godeva tutta, ma specialmente quando si trovava essa in Città, ed il marito in campagna. Quelli eran giorni per lei di gran godimento; facea giornata intiera co' suoi libri, colle sue divozioni, colla sua presenza di Dio.

Da questo tenore di vita nasceva
in

in lei quella gran presenza a se medesima , e quell' esattezza nelle sue
azioni tutte geometricamente ben fatte, quella misura delle sue parole, quella non mai da lei perduta eguaglianza, e quell' uso di pensare e di con-
centrarsi, che alcune volte si mani-
festava in lei anche nelle conversa-
zioni, massime quando erano un po'
numerose, e di qualche strepito; e però ella che ben lo sapeva, intentissi-
ma a nascondere i suoi doni, volentieri giocava nella conversazione per
evitare il pericolo di essere conosciuta
in raccoglimento .

In Chiesa poi il suo raccoglimento
passava il segno . Io l' ho veduta più
volte, io ho predicato più volte in sua
presenza, e prevenuto dal suo marito, e
da tutta la famiglia, e dal Parroco di Carvico di osservare come Cecilia stava in
Chiesa , protesto che se non l' avessi veduta non crederei ad altri quel che posso testificare io stesso : una statua ! si
avreb-

avrebbe detta la moglie di Lot, senonchè quella restò cogli occhi fatalmente
in isguardo, e Cecilia li avea nascosti
sotto le palpebre. Io l'ho veduta genuflessa alla S. Messa, e l'ho vista seduta
a predica ; genuflessa diritta sulla vita,
china col capo, non appoggiata al banco colle braccia, colle mani incroci-
chiate, immobile; se poi era seduta,
dritta sulla vita, distaccata dallo shiena-
le del banco, col capo chino, immobile. In Chiesa non avea più occhi, non
più lingua; era superfluo parlarle, inter-
rogarla; decisamente in Chiesa era una
statua, e pareva anche non sentisse più
nulla, perchè nemmeno scuotendosi a
caso il banco, ed urtando in lei alcuno
per inavvertenza non si moveva, nè occorreva dirle d'andar fuori, che era fini-
ta la Messa, o altra Funzione; era tutto superfluo; nessun segno di risposta,
si levava quando voleva, ed allora si
conosceva che era viva. Così si legge
anche del suo S. Luigi Gonzaga. Le
pre-

prediche le sapea poi ridìre così a mi-
nuto che solea dirsi in casa dai domestici, e dal marito essere superfluo
andare a predicá perchè la padrona,
e la moglie era solita riportarla tale e
quale si sentiva dal pulpito; e bisognava bene che i domestici e le cameriere stessero attente, perchè dopo ne
dimandava loro un conto esatto, e non
c'era caso di poterle nascondere un et-
te. A proposito del suo raccoglimento
in Chiesa sono assai rimarcabili alcuni
accidenti, che riferirò fra poco parlan-
do della sua orazione.

Da questa sua solitudine interna
ed esterna, e da un sì costante raccoglimento è poi venuto che ella in sua
vita non si ricordava d'aver mai sor-
passata una ispirazione di Dio, nè di
aver mai avuto rimprovero di non a-
ver secondato l'impulso dello spirito;
e quel dire che il Signore le volea troppo bene perchè non lasciava mai di
farsi sentire colla sua voce dall'interno
del

del suo cuore ; e quel suo bel prover-
bio, che nessuno parla così dolcemente come il Signore, e che la miglior
conversazione è con Dio . Si calcoli un
momento la liberalità di Dio, e la fedeltà di Cecilia da lei confessata, e si
troverà quel tesoro di santità interna,
che la sua umiltà profonda cercò sempre di occultare con un esterno an-
dante ordinario, che è il vero carattere della virtù perfetta.

Della orazione ognuno può imagi-
narsi quanto essa fosse amante dallo
spirito di silenzio, e di raccoglimento
che ebbe in sì alto grado . L' uomo non
può stare senza società, o senza malinconia ; società umana, Cecilia non la
cercava ; poca ne ebbe, ed avrebbe
sempre fatto senza del tutto ; malinconia in sua vita non ne ha patito mai
( che felicità! ) Deve dunque dirsi che
ella avesse una interna società e conversazione di spirito con Dio . E certamente che fin da fanciulla avea ella

di

di questa conversazione con Dio, che
è l'orazione, una grande stima, e ben
si vedeva dal gusto, dalla composta abi-
tudine divota, e riverente, dalla volon-
taria prontezza alle sue orazioni. Non
era bisogno che l'attentissima sua Genitrice le suggerisse l'orazione; impreteri-
bilmente vi si applicava; al suono dell'
*Ave Maria*, all'ore dalla Chiesa indi-
cate era impuntabile, e sul momento,
fosse dovunque, e con chichessia, ed
in qualunque esercizio s'inginocchiava
in terra, e la recitava. Così cominciò
da fanciulla, e seguitò poi sino alla
morte. Il rispetto umano non era da
lei conosciuto, ed il rispetto umano
obbligava i circostanti ad imitarla mentre l'ammiravano. Fin da fanciulla trovandosi ella coll'ava Tomini, e dicen-
dole questa all'ore opportune: *Cecilia
vorrei dire l'Officio della Madonna*;
Cecilia si metteva subito in tale silenzio che non si movea più, e persino
per le sue occorrenze bisognevoli di ri-

cer-

cerca, attendeva che l'ava facesse punto, e poi le dimandava se poteva parlarle. Questo suo rispettoso silenzio era il principio del suo profondo raccoglimento che ebbe dappoi. Nell'età sua tenera non sapendo ancor leggere pregava ora la madre ora la zia Anna Beroa a leggerle massimamente la Passione di Gesucristo per cui ebbe sempre un effetto di tenerissima compassione; principio delle saporite comunicazioni che poi godette. Si affrettò d'imparare a leggere per recitare l'officio di Maria Vergine, e leggere i libri che l'innamoravano di Dio. Tostocchè seppe leggere, e lezione, e meditazione furono il suo pascolo gradito, e si può dire che l'una non differisse dall'altra, perchè quando leggeva tanto assorbiva, ed era assorta da quel che leggeva che ben si poteva dire il suo leggere un profondo contemplare.

E qui mi sia lecito riportare una stupenda regolina di metodo spirituale
che

che si trovò tra' suoi scritti dopo la sua morte, e che il sacerdote D. Ambrogio Regazzoni, da cui le era stata consegnata, perchè ella mostrò gran desiderio di averla, mi attesta che adempiva con una esattezza incredibile; e ben egli poteva saperlo, poichè fu suo spirituale direttore negli ultimi anni di sua vita. La regola che trascrivo, io so d'averla veduta praticata da molte altre persone, e in tutte ha costantemente prodotti mirabili riuscite di perfezione, verificandosi alla lettera quel detto: *quia in modico fuisti fidelis super multa te constituam*. Ecco la regola ad litteram:

*Quicumque hanc regulam secuti fuerint pax super illos & misericordia.* Amen.

## Ogni Giorno.

,, 1.º Svegliata, i primi pensieri saranno di Dio, nè ti fermerai in letto

,, to vegliante, fuori che per bisogno,
,, quando sia giorno.

,, 2.° Farai un quarto d'ora alme-
,, no d'orazione mentale, oltre le pre-
,, ghiere vocali.

,, 3.° Ascolterai la S. Messa.

,, 4.° Avanti pranzo esaminerai la
,, tua coscienza sopra quel difetto che
,, ti sarai proposta di emendarti, o
,, sopra quella virtù, che avrai stabi-
,, lito d'acquistare.

,, 5.° Tra le ore dieciotto, e ven-
,, tuna reciterai cinque *Pater* alle Pia-
,, ghe di Gesù, ed un *Pater* al Santo
,, del mese.

,, 6.° Fra il dì 1.° farai tre morti-
,, ficazioni sensibili ad onore di Maria
,, santissima, 2.° un quarto d'ora di
,, lezione spirituale, 3.° o leggerai un
,, capitolo, o punto dell'*Imitazione di*
,, *Cristo* del Kempis.

,, 7.° Alla sera visiterai il santissi-
,, mo Sacramento, ed una capella, od
,, immagine di Maria santissima, e
,, re-

,, reciterai tre *Ave Maria* all' Imma-
,, colata Concezione , acciò in te , e
,, ne' tuoi aderenti conservi la virtù
,, della S. Purità .

,, 8.º Avanti di andare a letto farai
,, l' esame di tua coscienza , e l' atto
,, di contrizione , e leggerai , o fisse-
,, rai ciò che dovrai meditare la mat-
,, tina .

,, 9.º Ti assueferai di alzare spesse
,, volte la mente a Dio con brevi , ma
,, ferventi orazioni giaculatorie , ed a
,, stare alla presenza di Dio .

,, 10.º Procurerai di distribuire più
,, che sarà possibile le ore della gior-
,, nata per le tue azioni ordinarie , e
,, di pietà .

## Ogni Settimana.

,, 1.º Ti confesserai ogni otto giorni
,, almeno , e ti comunicherai secondo
,, il consiglio del tuo Direttore..

,, 2.º Digiunerai il Venerdì , o il

F                    ,, Sab-

„ Sabbato , il primo per la passione
„ di Gesù , il secondo ad onore di Ma-
„ ria Vergine , e in tal giorno farai
„ qualche mortificazione, e ancora un
„ quarto d' ora di più d' orazione
„ oltre la solita .

 „ 3. Ogni Sabbato o leggerai, o rac-
„ conterai , o sentirai qualche esem-
„ pio , o fatto di Maria Santissima , e
„ discorrerai di cose spirituali .

 „ 4. Ogni settimana reciterai un
„ Rosario intiero ad onore di M. V.

## Ogni Mese .

„ 1.° Sceglierai un giorno per fare il
„ ritiro della buona morte; in essa farai
„ la confessione del mese, la comunione
„ ad onore del tuo Santo del mese, co-
„ me fosse l' ultima della tua vita, la
„ meditazione della morte, l' esame de'
„ tuoi proponimenti , e della tua vi-
„ ta, e la meditazione dell' eternità la
„ sera ; andando in letto ti metterai
      „ in

,, in quella positura, che sarai in mor-
,, te, ti raccomanderai l' anima, e ti
,, licenzierai dal mondo.

## OGNI ANNO.

,, 1.° Farai gli Esercizj spirituali o
,, in pubblico, o da te sola, come
,, potrai.

,, 2.° Farai la confessione annuale.

,, 3.° Le sei Domeniche di S. Luigi
,, con novena.

,, 4.° La novena dello Spirito San-
,, to, quella dell' Immacolata Conce-
,, zione, e dell' Assunta.

,, 5.° Ti preparerai alle Feste de'
,, tuoi santi Avvocati con alcuni gior-
,, ni di divozione, come di S. Fran-
,, cesco di Sales etc, e procurerai al-
,, lora di leggere qualche cosa della
,, loro vita, o de' loro libri.

In

*In ogni tempo tre virtù principalmente* Umilta', Purita', Carita' ¦

## UMILTA'.

„ 1.º **F**arai professione particolare di
„ Umiltà, e perciò rifletterai spesso,
„ che del nostro non abbiamo che
„ putredine quanto al corpo, igno-
„ ranza, e peccati quanto all'anima.
„ 2.º Ti guarderai dal dire parola
„ di propria lode, e dal desiderare di
„ essere stimata più degli altri.

„ 3.º Nel tuo vestire sarai sempre
„ soda.

„ 4.º Non ti lamenterai di qualun-
„ que disgusto potessi ricevere.

## PURITA'.

„ 1.º **C**ustodirai bene i tuoi senti-
„ menti, massime gli occhi.

„ 2.º

„ 2.° Non starai , nè parlerai con
„ persone di sesso diverso , che per
„ bisogno , o doverosa convenienza.

„ 3.° Ti guarderai dal mangiar trop-
„ po , e dal bere , e non mangerai, nè
„ beverai fuori di pasto se non che per
„ bisogno , o per non fàre singolarità.

„ 4.° Vestirai con tutta modestia ,
„ e fuggirai le mode meno oneste , i
„ luoghi pubblici , e gli spettacoli più
„ che ti sarà possibile .

„ 5.° Non permetterai, che in tua
„ presenza si dica pur una parola im-
„ modesta , e non avrai in questo ve-
„ runo riguardo a chicchessia .

## CARITA' .

„ 1.° Sarai paziente sopportando le
„ ingiurie , e facile in perdonarle .

2.° Sarai amorevole coi poveri , guar-
„ dandoti dall' amore alla roba .

„ 3.° Pregherai per i peccatori , cor-
„ reggerai il tuo prossimo , e farai tut-
„ to

,, to il possibile per impedire i pec-
,, cati, promovere la gloria di Dio,
,, e levare gli scandali.

,, 4.° Darai tutta la confidenza all'
,, anime dabbene che sai che osser-
,, vano questa regola, e le ajuterai, bi-
,, sognando, in ogni maniera.

,, 5.° Sarai divota dell' Anime del
,, Purgatorio, e massime delle tue com-
,, pagne di spirito; facendo per esse
,, etc. etc. ....... e tutto il resto *alla*
,, *maggior gloria di Dio*.

,, Se a tutto ciò sarai fedele, pro-
,, mette Iddio la pace al tuo cuor-
,, re, e misericordia all' anima tua.
,, Amen ".

Non sa finire di dirmi il suo Direttore l'amore, ed il gusto con cui
Cecilia avea abbracciata questa Regola, parto di Santi, e che ha fatto dei
Santi, e con quanta esattezza l'eseguis-
se. Certo che mai non ne ha preteri-
to sillaba, ma anzi come il grano di
senape s'ingrandisce nelle radici, e ne'

rami,

rami, così questa preziosa Regola in
Cecilia, fu il fonte d' un esercizio continuo di pietà, e di orazione. In breve, le sue due, tre, e più ore di orazione mentale non si perderono mai.
Ella non sortiva di camera finchè Luca il consorte non lo dicesse, ma prima di sortire, attesta il medesimo, che
insensibilmente uscita dal letto, e ve-
stitasi in profondo silenzio per non interrompere a lui il sonno, egli desto
e dissimulante per lasciarla contentare
a star con Dio, la vedeva a stare delle
ore e delle ore inginocchiata in terra
immobile, al solito, come una statua.
Sortita di Casa, tosto recavasi alla Chiesa, e come era piacere del suo consorte
tutto quel che era piacere di lei, ella vi
stava sino che eran finite tutte le Messe, cioè per lo meno due ore, e vi stava
nel modo come abbiam detto. Ritor-
nata a Casa se non era imbarazzata
da qualche visita, o da affari di famiglia, si rinchiudeva nelle sue stanze, e
vi

vi faceva orazione; la sera quel suo esame quanto era rigoroso! ma nulla presentava. Che lunga orazione era la sua! Quando trovavasi senza il marito per esser egli in Campagna, ed ella in Città, o viceversa, allora cresceva la dose; e levarsi all' alba, e presto recarsi in Chiesa, e starvi a suo bell' agio, a sazietà. La visita al SS. Sacramento non la preterì mai, e questa pure ne' giorni massime di libertà, era di ore intiere. Il giorno della preparazione alla morte d' ogni mese, era giorno, che liberamente dedicava al silenzio, al ritiro, all' orazione, e quel dì era conosciuto da tutti in casa: perchè quel dì era veramente, e dispoticamente solitaria.

Questo spirito di orazione era poi quello che talmente le inchiodava le potenze dell' anima che pareva che anche i sensi ne rimanessero sospesi. Già bastava che ella facesse orazione per diventar subito immobile come un sas-

so,

so, e questo sì nel dire il Rosario colla famiglia; che nella preghiera in sua stanza, come in Chiesa; e perchè in Chiesa la presenza reale di Gesucristo nel Sacramento le opprimeva soavemente il cuore, e le potenze, ella pareva veramente impietrita, e senza l'uso de' sensi. E qui m'accade di accennare due casi a lei occorsi, che se furono l'effetto passivo di una unione estatica, convien dire che fosse bene profonda, e se non lo furono, sono un capo d'opera della sua presenza di spirito, ed un segnale solenne dell'alta venerazione con cui stava alla presenza di Gesucristo. Era ella un giorno a sentir messa nella Chiesa di S. Pancrazio di Bergamo; eranvi pure varie persone delle più cospicue, e giovani, e spose di lei pari; servitori, e cameriere: quando dal fondo di que' vecchi tarlosi banchi che sono posti sull'antico disuguale pavimento, e piantati sopra, ed a fianchi de' sepolcri,

sbuc-

sbucò un temerario sorcio di una gros-
sezza straordinaria; proprio di quelli
dell'antico sinedrio di quegli orrori sot-
terranei . La prima persona cui sortì
sotto le ginocchia, e girò attorno, don-
nescamente impaurita si mise a grida-
re ; accorsero servitori, si fece rumore;
quello si mise a saltare di banco in
banco cacciato e disperato. Tutte quelle femmine dilicate erano a scompiglio
e grida. Il sorcio saltò addosso ad alcune, ad altre si arrampicò alle gambe;
allora tutto fu tumulto, sussurro, caccia, strepiti come ad invasione o sac-
cheggio militare . Cecilia era in mezzo, il sorcio girò, saltò d'intorno a
lei, si chiamò essa, e *Contessina Contessina* si gridava . Altre d'intorno a
lei smorte prendevano spiriti odorosi,
parte partivano, e la Contessina ( titolo d'allora ) in ginocchio, ritta sulla
vita, colle mani incrocicchiate sul petto, colla testa china profondamente; col
velo calato, mai non s'è mossa, mai
                                        non

non s'è rivolta , e come fosse una morta stette in Chiesa finchè volle , senza
dar segno veruno, nè risposta ; e nel ri-
tornare a casa a suo tempo, interrogata
se avea veduto , e sentito l'accidente ,
sorrise , e nulla più . Un altro giorno
erasi recata alla Chiesa di S. Cassiano
pure di Bergamo per la funzione, credo
io della Novena della Natività di M. V.
Ella era inginocchiata nella solita figura,
e nel modo consueto. Molte persone erano in Chiesa ; quando quel buon Parroco
sortito dalla Sacristia in vicinanza dei
gradini dell' altar maggiore , e di quegli incommodi ed alti dell'angusto e
disagiato presbiterio , sia che per inavvertenza inviluppasse i piedi nel tap-
peto disteso in terra , sia che intento
in altro pensiére urtasse nell'angolo dei
gradini dell'altare , vacillò , s'ingarbu-
gliò , cascò , e rotolò giù per i gradini del presbiterio. Potete immaginarvi il
tumulto della gente , il correre , l'aju-
tarlo ; lo sbigottimento della fantasia
dili-

dilicata di tante femmine primarie, la
compassione, la paura, l' improvvisata, l' affetto rispettoso a quel pover'
uomo di quel buon Parroco; e poi quando per gran favore del Cielo si trovò
che non si era fatto verun male,
solo avea fatto una certa tombola per
terra quell' effetto comune del mal-
nato istinto di ridere; tutte queste cose potete, dico, immaginarvi che chias-
so, che movimento avean prodotto in
quella Chiesa; non v' era persona al
suo posto, tutto in bossolo, tutto in
discorso. Cecilia di marmo, e di legno, diciam meglio, Cecilia in Dio
nè alzò un occhio, nè si mosse, nè
disse parola; stette tal qual era nell'
attitudine di profonda adorazione! Il
che nella circostanza interessante la
compassione e la carità che in lei era
singolare, mostra evidentemente che
nulla sentì, cioè che era in alta astra-
zione da' sensi, ed intima comunicazione, passiva con Dio. La qual cosa
ser-

serve di scala evidente a dire, che come abituale, e in ogni incontro, e massime in Chiesa era in lei questa immobilità, abituale fosse in lei il rapimento dello spirito, e che quindi godesse il raro felicissimo stato delle nozze divine. Anima fortunata! Beata lei! Si può dire che le carezze dello Sposo celeste, la buonissima Cecilia se le avea comperate con una fedeltà amorosa, e con una estensione al di sopra d' ogni idea.

Quanto all' uso de' SS. Sacramenti ella si atteneva decisamente alla Regola. La sua confessione ogni otto giorni, e questa in due parole per non aver niente da dire, e questo niente da dire era di tutte le volte. Ella se ne prese talvolta della pena, temendo di aver delle colpe, e di non saperle trovare. Ma per quanto il suo Direttore con tutte le possibili interrogazioni per contentarla, e per sua regola ancora le venisse ricercando, in fine

tutti

tutti i conti riducevansi a zero, e con
tutte le ricerche risultava niente. La
grande idea che avea dell' esecrabile cosa che è l' offesa di Dio, le avea mes-
so fin da fanciulla un grande ribrezzo
a confessarsi : *ebbene*, diss' ella, ( e potea allora avere sei anni ) *sarò sempre*
*tanto savia, e schiverò sempre tanto il*
*peccato che non ne avrò mai da con-*
*fessare*: e, viva il Cielo! mantenne la
parola. Per la Santissima Comunione
Eucaristica avea una fame passionata,
figlia della sua gran fede, e del suo a-
more intenso a Gesucristo, ma eguale era in lei il rispetto, e pari l'idea
di non togliersi dai limiti del proprio
stato. Ella era maritata, ella non sortiva che tardi; però si contentava allegramente della Comunione spirdua-
le, eccetto che le Feste tutte, ed i
Venerdì. Nei tempi poi di libertà, o
delle sue Novene allargava la mano,
cioè a dir vero, andava ella a comu-
nicarsi tutte le volte che il suo Direttore

tore ve la inviava, essendosi privata
del suo desiderio, persino in tutte le
cose di spirito, il che è poi vera e sincera perfezione.

Iddio Signore avea preparato in
quell' anima benedetta un modello di
perfezione, che invogliasse ad imitarla anche le anime più dilicate e ti-
morose. Ognuno s'aspetta qui di sentire che ella eguale allo spirito di orazione e di ritiro avesse un carattere di
austerità, e penitenza; e di vedere in
lei, così come in S. Luigi, innocenza,
e penitenza. Fu la sua penitenza la mi-
gliore di quante mai n' abbia trovato
praticate fin ora: elezione nessuna,
rifiuto nessuno, nessuna ricerca, nessuna repulsa. Penitenze afflittive come
di flagelli, e simili mai nessuna. Da
fanciulla diceva, che non era essa la
padrona della sua vita, ma i suoi Superiori, maritata diceva, esser ella ob-
bligata di piacere al marito, e che se
si fosse dimagrita, od infermata per far
delle

delle penitenze, avrebbe fatto peccato.
Gran detto, gran verità, che tante te-
ste mal montate non sanno capire, e
credono farsi sante col rovinarsi, ed es-
porre la propria, e l'altrui coscienza
a far peccati. *La Regola* era la sua
regola, e non se ne dipartiva. Abbiam
veduto il suo annientamento di volontà, e di giudizio. Questo è la massi-
ma, e la più alta penitenza dell' uomo: Colle spalle rotte, e i fianchi im-
piagati si può essere capricciosi, super-
bi, pieni d'amor proprio, d'ostinazio-
ne, e di peccati, e dannarsi. Ma senza volontà si è santi, e sicuri del Paradiso; il canone è divino: *Beati i po-*
*veri di spirito, perchè di questi è il Pa-*
*radiso.* Questo spoglio d'ogni cosa fu
sì esatto in Cecilia che sappiamo di
lei quel che leggiamo del suo S. Francesco di Sales, che nessuno ha mai sa-
puto cosa gli piacesse, e cosa no; se
qualche cibo fosse, o no condizionato;
tutto a perfezione, e pur quante volte

te non lo era? per lei tutto era abbastanza, e tanto abbastanza, che mai in
tavola non cercò cosa alcuna, a segno
che il marito ammiratore non perdeva
mai di vista il metterne avanti a lei,
perchè altrimenti si sarebbe levata di-
giuna. Dirò cosa, di cui sono io stesso, testimonio: pranzava un giorno a
Bergamo io con lei sola, essendo il
marito andato pe' suoi affari a Pogna-
no, e vidi che il domestico, che ser-
viva in tavola, metteva come a' fanciulla i cibi sul piatto alla Padrona, e che
ella non mangiava nè più, nè meno di
quel che le veniva dato, direi, sulle
dita, il che certo quell'uomo non faceva con me. Dissimulai per allora, e
dopo l'interrogai, come, e perchè così colla Padrona? e mi rispose, che se
così non avesse fatto la Padrona, non
avrebbe tampoco rotto il diguno, che
l'esperienza l'avea avuta più volte, e
che era quindi stato obbligato dal Padrone medesimo a servirla così, per-

G                                          chè

chè da per sè non prendeva mai nulla, nè mai nulla dimandava ; e soggiunse che tutti i domestici, e le cameriere doveano far lo stesso, e, pensar, elle-
no a' di lei bisogni ; altrimenti ella avrèbbe
veduto mancarsi ogni cosa, sen-
za mai dire una parola. Le si portava
cioccolata, o caffe? oh sì, rispondeva
ridendo, ma dimandarlo mai, nè mai
mostrare che si fosse tardato, e altra
qualunque cirostanza di poco gradimen-
to. Le si faceva un abito nuovo? *oh
sì è bello, e grazie al mio caro Luca*,
e poi altro; colore, qualità, foggia, moda, per lei erano cose indifferenti; era
tutto bello, andava tutto bene, e chiedeva al marito se piaceva a lui, ed era
giubilante a sentirlo dire di sì, e tanto basta. Anzi egli stesso, che avendo
studiata la sua ottima Cecilia, e scoperto che l'unico gusto suo era di veder lui contento ; egli che per contentarla avrebbe fatto di tutto, era ben
attento a mostrar sempre aggradimento ;

to, perchè così la rendeva felice. Questa è la vera penitenza cristiana, praticabile da tutti, amabile a tutti, non incommoda a veruno, nè odiosa a chicchessia, e superiore alla critica di tutto il mondo. In una parola niente dimandare, e niente rifiutare, vedete là la sua gran penitenza. S. Andrea Avellino fece voto, e l'eseguì di non secondar mai la propria volontà; e la Chiesa ammira questo sacrificio unico negli annali della santità. Cecilia non fece voto, perchè forse non sentiva di aver bisogno di vincolarsi per eseguirlo; ma lo eseguì geometricamente; sicchè non solo un *voglio*, o *non voglio*; ma nemmeno un *vorrei*, anzi nemmeno un inclinazione, o ritrosìa, anzi nemmeno un segnale di propria contentezza o scontentezza, nè in parole, nè in fatti, nè in sembiante in lei non fu giammai in tutta la sua vita. Quanto però questo gli sarà costato di vigilanza, di coraggio, di pazienza, di

sa-

sacrifizj , basta aver l'umanità per po-
terlo giudicare'. Avea anche per costume di non mangiar frutti il sabbato ;
questo ( siccome la Religione , e la pietà l'avea per così dire dall'ottima madre succhiata col latte ) l'avea appreso fin da fanciulla, nè in sua vita il
preterì giammai; non le importava che
si sapesse anche da altri : fosse chiunque a tavola con lei , il caso era deciso ; frutti non ne mangiava. Donna
d'un sentimento solo ; non avea riguar-
di , ed eseguiva il suo sistema ; e siccome era rigorosissima in nascondere
tutto il bene che faceva , di questo diceva non importar niente che si sapesse , e solea dire con una grazia ammirabile : *volete voi che io disgraziata non
abbia nè anche una divozione?* anche i
*ladri , e i più scellerati ne hanno qual-
cuna ; ho questa picciola anch' io , e
non la voglio perdere.* Ecco di qual
tempra era la penitenza della nostra
Cecilia .

§. IV.

## §. IV.

### *Sua malattia, e morte.*

Se v'era cosa che i voti di tutti concorressero a volerne la conservazione, era certo la vita preziosa di questa giovine sposa, delizia della sua genitrice, felicità del ben avventurato Luca de Vecchi, ornamento delle famiglie Beroa, Tomini, e Vecchi, specchio e consolazione di tutti i buoni, speranza de' poveri. Di fatti pareva che il Cielo cortese avesse già accettati i comuni voti; una santità compita, una eguaglianza di stato, un non sentirsi mai dolore, un non aver mai un' ora di mal umore, una lena costante teneva lontana anche l'idea, non che la paura che si avesse a perdere. Brillava Cecilia d'un avvenenza nativa nell' età d'anni ventidue, di taglio medio-

cre,

cre , di egual corporatura, agile al moto , e spiritosa; di faccia lunghetta, e
sana; le labbra color di corallo; le guancie nè scarme, nè ritonde, sempre in
un rosso gentile , quasi di rosa ; occhi
vivaci, grandi, sereni, neri, sempre allegri ; la fronte alta decentemente , e
maestosa, colla bocca sempre in sorriso, con voce parca , e dolce ; capelli
fini , biondi , e folti . Tutto questo
unito all'innocenza del costume, alla
decorosa pulitezza del tratto, alla schiet-
tezza mirabile, e alla saggia semplicità delle maniere , all' affabilità cortese
del parlare, e a quel non so che di bello e di superiore, che la virtù, e virtù di quel carattere aggiunge alla bellezza, faceva della nostra Cecilia la più
bella cosa del mondo . Tale era la nostra Cecilia, quando trovandosi un giorno a Carvico, villeggiatura di Casa
Vecchi , in Settembre , e venuto in
pensiero agli ospiti di casa di fare una
passeggiata pomeridiana al vicino Mon-
te

tegilio a veder quella torre, antico monumento della barbarie degli uomini, e di là godere la bella veduta del corso dei due fiumi Brembo a mattina, e l' Adda a sera, e la sottoposta fertile penisola; e le terre popolose, che la coprono, le belle terre del milanese, e dei colli di Brianza, la veduta di Bergamo, Milano, Cremona, Piacenza: ella che mai non rompeva disegni, disse subito di sì, e mostrò piacere di questa gita, e andò. Era la stagione calda, il sole batteva forte, Cecilia era a capo scoperto, camminava, barzellettava colla figlia Flaminia. Ella era sempre avanti degli altri un bel pezzo di strada; coglieva qua e là di que' fiori, che i pascoli incolti, e le colline producono odorosi e belli ( così ella si distaccava dalla brigata; e godeva a piccioli ritagli il bene dell' interne sue delizie con Dio ) rise, stette allegra, corse, camminò, sudò. Sopravenne un temporale con

gran

gran vento, l' aria si raffreddò, Cecilia bagnata di sudore fu presa dal freddo, le si asciugò il sudore sopra la
pelle, tornò a casa con brividi di freddo morboso, accompagnati da dolore
di testa, e d' una atonìa generale, sintomi della fatale costipazione, che
l' avea investita. La notte non potè
dormire, crebbe il dolor di capo, crebbe il freddo, comparve l' alterazione
del polso, fu detto aver ella febre.
Era creduta incinta, e non lo era;
quindi s' ebbe ribrezzo a somministrar-
le que' rimedj che indebolendola faci-
litassero alla materia della traspirazio-
ne fermata sotto l' epidermide la sortita colla dilatazione degli orificj de'
vasi esalanti, allora troppo angusti per
l' eccessivo eccitamento delle fibre de'
vasi medesimi; e così non si tolse dallo
stato di stenia, da cui poteva a momenti essere liberata. Ella non sudò,
ella non si liberò dalla materia ecci-
tante morbosa; e presto passò allo sta-

to

to d' indiretta astenia, sotto la quale
comparve una tosse, che da' medici fu
creduta insignificante. Tra la gravi-
danza che si súpponeva, ed il raffred-
dore spegiato, Cecilia stava male; ma
i medici non ne facevan gran caso;
non davano che delle lunghe, quasi
come affare indifferente. Il fatto sta,
che l' incommodo di Cecilia era dive-
nuto malattia locale, che per le leggi
di metastasi erasi fatta stasi ai polmo-
ni; ed ivi un tubercolo, senza che se
ne avesse avuto sentore dai medici.

Quando si vide, che la tosse di-
veniva profonda, e frequente, che Cecilia perdeva il suo bel colorito, dima-
griva, e le continuava una insidiosa
febriciattola da nulla, di cui fece più
caso il marito afflittissimo dal non vederla guarire, che i medici, i quali
dicevano sempre, che nulla ne sarebbe stato; il buon Luca, e l' affettuosissima di lei madre, la vollero condotta a Bergamo, per tentare d' ivi li-
be-

berarla da quell' incommodo; che loro
dava già tanta pena. Allora fu, che
tutto in un colpo il marito, la madre, e i parenti si videro nella più alta angoscia, poichè fu conosciuto il
tubercolo, e dichiarato male di gran
pericolo. Tutti allora quelli, che s'
interessavano per una vita sì preziosa,
riguardavano Cecilia con dolore, e si
sarebbero lamentati col cielo; che pareva facesse torto ad una giovinetta di
tanta virtù. Muoveva a pietà la povera pupilla Flaminia, che vedendo non
guarire la sua mamma, parea pressen-
tisse di doverla perdere. Inconsolabile
il di lei consorte, non la sapeva in-
tendere, e se con dinaro, con medicine, con mezzi, a qualunque costo
avesse potuto puntellare una vita a lui
sì cara, sarebbe pure stato felice. I medici, che la visitavano, facevano secondo il consueto metodo, una discreta corte di mezze parole alla malata,
che ridente mostrava di non averne bi-
so-

sogno, e più al marito, ed alla madre, che tremava al solo immaginarsi di poterla perdere, appoggiati all' assioma, che non si deve aggiungere afflizione all' afflitto; ordinavano tutti ricette, e per onore della professione, e per uso, e per prova, e perchè è meglio qualche cosa che niente, e perchè sostenendo l' eccitabilità esausta, si prolungava la vita, e poi finalmente perchè bisogna far così, che se non altro si allontana l' idea della disperazione, che d' ordinario accelera la morte. Ma vedean bene ch' era incenzo ai morti, e però tutti diceano, *staremo a vedere*; ma il bello star a vedere, la vedevano andar di male in peggio. Quindi reso tutto inutile, importabile il cibo, non ritenibili i medicamenti, irrifondibile l' eccitabilità, inapplicabili gli stimoli, immedicabile l' attacco locale, rinnovandosi i tubercoli dopo la evacuazione del primo, Cecilia andava a morire. Il suo volto decaduto avea ancora la

sua

sua ilarità ; le sue labbra erano sempre
ridenti , i suoi occhi non erano meno
allegri ; si vedeva che andava ; ella lo
sapeva , e non ci pensava nemmeno.
Una sol cosa l'affliggeva, ed era il veder appassionato il marito ; e l'immaginarsi l'affanosa angoscia degli amoro-
sissimi suoi parenti paterni , e materni ; che ne aveano ammalato il cuore , come può immaginarsi chiunque
conosce l'amorevole loro carattere , e
sa lo sviscerato amore che le portava-
no tutti , ma specialmente i di lei fra-
tello , e sorella , e più di questi ancora l'affettuosissima genitrice , che già
dall' epoca in cui Cecilia erasi chiusa
in Convento, per la mancanza del suo
diletto consorte faceva le parti di madre non solo , ma quelle ancora di padre alla diletta sua figliuolanza , e avea
perciò verso Cecilia l'amore , e la tenerezza tanto maggiore, perchè parea
che vicino si prevedesse il fatale momento di perderla. Tutti i parenti ri-
co-

conoscevano in Cecilia una gemma
quanto cara, ed inapprezzabile, altrettanto tutta di loro, e piena di una
confidenza natia, che gli rapiva.
Quando entravano nella sua stanza,
ella con brio si mostrava vivace, e dicea di star bene per consolarli. Basta
dire, che tra tanti malinconici in casa
per lei, ella sola era allegra, e ridente, come nulla avesse, ed arrivava persino a ristorare colla sua lena gli ani-
mi oppressi. Ma sortiti di camera quel
ristoro presentava loro l' idea del gran
bene che andavano a perdere, e faceva crepar il cuore, e piangere a tutto sfogo, e dolore. Ella intrepida rideva in mezzo alla profonda tosse; mangiava ad onta del gusto svanito, prendeva le medicine e dolci, e amare, ed
odorose, e nauseanti, e scarse, e co-
piose; il *recipe* del medico non fu mai
così ben eseguito come da Cecilia; mai
un *ne ho abastanza*; mai un *da qui
a un poco*, mai un *è troppo*; mai un
*mi*

*mi ributta*, mai un non ne ho voglia;
mai nemmeno un mi fa bene. Le si
dicea di bever bevea, di prender prendeva, di fare faceva, di stare stava, di
andare andava: moto, quiete, bibite,
pillole, tutto. Ai medici toccava ordinare, a lei era impreteribile l'ese-
cuzione alla cieca, benchè vedesse l'inu-
tilità di tutto, e come avea detto *a
gloria di Dio* non c'era altro, tutto
era fatto.

Così Cecilia a Bergamo sempre
andò peggiorando; perchè posti tutti
gli antecedenti, la conseguenza era,
che dovea morire. L'afflittissimo Luca
de Vecchi vedendo tornare inutili tutti
i tentativi dell'arte, fatalmente con-
getturale, e mosso dalla dicerìa volga-
re, e dal consiglio ancora di qualche
medico, e più dal desiderio, che nulla lascia intentato, pensò che potesse
giovarle l'aria così detta grossa di Milano, e risolvette di tradurvela. Ne
fece quindi la proposta alla madre nel

mo-

momento 'stesso , che essa medesima apriva bocca per farla a lui : ognuno può immaginarsi l' aggradimento , e la consolazione dell' amantissima genitrice , che pensava l' impossibile per salvare la preziosa vita della sua Cecilia , ed il giubilo di concepire una speranza di veder ristabilita una vita , che però non si dava dai medici per disperata . Quindi senza badare a spese, ed incommodi , unita al cognato Canonico , ne sollecitò la partenza , risoluti ambedue di non più abbandonarla , finchè , o viva e sana la riconducessero a casa , o morta le avessero prestati gli ultimi officj . In quell' incontro mostrarono una singolare attenzione in Milano i di lei zii Francesco Tomini , e Maria Bendoni di lui consorte , nel procurarle , ed approntarle un ben commodo , e decente appartamento nella vasta casa di Appollonio Casati . Così tutto disposto , ed allestito per opera e diligenza de' medesimi , le due famiglie Beroa ,

roa, e Vecchi, di cui era Cecilia tesoro comune, si amalgamarono insieme, traslocandosi decisivamente da Bergamo a Milano, coll'amatissima caden-
te Cecilia, impiegando nel viaggio due
intiere giornate, per renderlo meno
gravoso alla povera paziente, che però
mai non disse, nè d' essere stanca, nè
di trovarsi male, perchè ella era fatta
così, e se per lei non avevano attenzione gli altri, essa non ne avea veruna, e toccava via sempre d' una maniera. Giunta a Milano Cecilia, parve dopo alcuni giorni aver qualche sollievo, ma lo stoppino della lucerna
attizzato a lume maggiore, si consuma
più presto, e la medicina può ben dare
re oglio alla lucerna, ma non stoppino; quindi consumato anche quel poco di forza vitale, si trovò presto a
star peggio.

Allora fece conoscere d' avere un
desiderio, e fu, che le fosse fatta una
visita dal suo confessore, e direttore,
il

il già nominato D. Ambrogio Regazzoni, in cui ella aveva, a gran ragione, una singolare confidenza, e che
solea chiamare il padre dell' anima sua.
Sul momento si spedì a Bergamo a dirgli, che la povera Cecilia lo desidera-
va, ed egli partì su due piedi, e corse a Milano, e capitò da Cecilia, che
udito a fermarsi il legno nel cortile
della casa, disse subito ridendo: *è quì*
*D. Ambrogio*; e come gli comparve in
camera, alzò le mani, e le giunse dicendo: *Te Deum laudamus*, adesso mo-
rirò contenta. La morte de' Giusti è
uno spettacolo, che intenerisce, inna-
mora, e mette invidia. Già ella avea
detto con una semplicità ridente all'
assistente sua madre, poche ore prima
che capitasse il suo padre spirituale:
*Signora madre, cosa mai dirà D. Am-*
*brogio, quando verrà, che il pover' uomo*
*ha fatta tanta strada, ed io non ho*
*niente da dirgli; gli parrò senza conve-*
*nienza, non è vero? Niente da dirgli!*

H                                                      re-

replicò la madre; quando si tratta dell'
anima bisogna bene pensar sottile: *Ho
pensato, e ripensato,* rispose, *tutti questi
giorni, e più dopo che si è mandato
a chiamar D. Ambrogio, ed io non
trovo niente da dirgli.* Qui fece un bel
sorriso allegro, poi soggiunse: *ebbene
ne dirà egli a me, ed avrò la consolazione di morir nelle sue mani.* Ecco il
gran bene d'aver un Direttore a cui
si abbia tutta la confidenza, e sotto la
guida del quale si cammini costantemente la via della salute. Per un'anima come quella di Cecilia, un tal Direttore è come uno di que' cordiali bal-
samici, che la divina bontà prepara a'
suoi eletti, quando trovansi alle porte
del Paradiso.

Volle però da lui ricevere la sacramentale assoluzione: queste sono ve-
re delizie per i Confessori egualmente
che per i penitenti. Di confessione generale non occorreva parlarne, l'avea
fatta, come abbiam detto, nella solenne

ne Missione datasi nella Basilica di S.
Maria Maggiore, e fatta in poche parole: di presente non avea che aggiungere, e il suo confessore le diede l' assoluzione sacramentale, appagando così
in essa l'ardente desiderio che avea come Sposa di Cristo di ornarsi le guancie del di lui sangue, e di impreziosir-
si in quel bagno d' amore, e di salute. Fatta la confessione in questa guisa, disse con una semplicità, e consolazione che cavò le lacrime: *oh a-
desso non ho più paura della morte.*
Sicchè quando questa le venne annun-
ciata dal suo confessore, la sentì poi
con quella rassegnazione ai divini voleri che forma il carattere de' veri pre-
destinati.

    Trovandosi ella a quegli estremi,
oltre il conforto che avea della presenza sempre permanente della sua buona
madre, del marito, del suo confessore,
ed altri di sua famiglia sì paterna che
materna, la divina provvidenza dispose
che

che assistesse pure alla sua malattia, e
morte la brava ex-monaca Baroggi,
che nel convento di Treviglio era stata la maestra di Cecilia nei tre anni
di educazione che ivi passò. Questa
ottima Donna che amava la povera Cecilia con amore di tenera madre, sa-
puto che ella era venuta a Milano am-
malata, ne cercò subito traccia, e tro-
vatala in quello stato non l'abbando-
nò più, usandole quell' assistenza che
appena si avrebbe potuto attendere dalla madre più sviscerata. Vedendosi perciò Cecilia tanto assistita solea dire:
*Ma, Signore, voi in Croce non avete a-*
*vuto un ristoro, un' attenzione immagi-*
*nabile, ed io servita così?* Le era tanto
più cara la compagnia della sua maestra *perchè così,* dicea, *avrò la fortuna*
*di fare l' obbedienza in tutto fino alla*
*morte,* e perchè questa ex-monaca, donna di spirito, e di pietà la teneva spesso pasciuta di quel che più amava,
dei discorsi di Dio, e del Paradiso.

Ve-

Vedendo il suo confessore al secondo, e terzo giorno che non era lontano il momento di perdere Cecilia per donarla al Cielo, le andò al letto, e le disse schiettamente così : *Cecilia i Medici han detto che per voi non c'e più rimedio ; da qui a pochi giorni converrà fare la volontà di Dio*, e poi cominciò a recitare il *Te-Deum*, che D. Ambrogio le lasciò dire perchè lo diceva con un sapore di paradiso, e massime nel pronunciare le ultime parole : *In te Domine spravit &c.* parea che l'anima volasse dietro le parole in braccio a Dio. La sua rassegnazione era mirabile, sentiva in prevenzione del Paradiso, ed era tale che quasi levava il dolore d'averla a perdere ; e l'oppresso suo consorte ebbe a dirmi che l'allegria della sua Cecilia quel dì che le si annunciò la morte, avea data a lui la vita ; e si sentì come rompere un gran nodo che gli stringeva, ed opprimeva il cuore: *Ridebit in die novissimo!*

Da

Da quel momento non volle più intender parola di quanto, e di quanti lasciava sulla terra. Volea ringraziare il suo Luca delle attenzioni che le avea sempre usate. Ma appena ella cominciò a dirgli: *Caro Luca vi ringrazio . . .* quegli dovette scappare altrove, e diede in un pianto dirottissimo. Ella indi a qualche tempo il fece chiamare, e con un aria da Paradiso gli fece così un motto di nuova tempra che lo rimise in fiato ed in vita. Ella aggravata estremamente dal male, aggradiva tutto, e tutti, ma si vedeva che il suo spirito a misura che si scioglievano i lacci del corpo, si alzava verso il Cielo con un contegno di saporitissimo raccoglimento. Chiese con grande affetto il sospirato viatico del Corpo del suo Gesù. Non è esprimibile la tenerezza, l'affetto, la fede con cui si comunicò. Parea proprio che vedesse, e trattasse col suo Redentore senza velo. Volle esser messa in assetto,

si

si levò a mezza vita, ricuperò il suo
bel colore di sana; pareva guarita; e
quello scheletro ricomparve una bellissima giovane vivace. Fu allora che e-
statica pareva un vivo ritratto di Maria Vergine : gli occhi, la fronte, le
labbra, le guancie aveano un non so
che, che rapiva e ispirava amore e
venerazione. Si trattenne più d'un ora
in profonda unione col suo Dio, e risto-
rata nello spirito ricevette poi anche
qualche ristoro nelle forze corporali.

Il male incalzando precipitosamen-
te agli estremi, e portandola al ter-
mine a passi di deliquj mortali, e di
sintomi d'agonia, e riavutasi appena
da uno svenimento, trovandosi tosto
appena da un'altro più fiero, così com'
era tutta sparuta, e gocciolante il viso di freddo sudore, e senza voce, e
quasi moriente, accettò giubilante l'e-
strema unzione, che già il buon D. Ambrogio avea di tutta fretta allestito ogni
cosa per amministrargliela. Le si con-
feri

ferì questo Sacramento, direi quasi a Precipizio, parendo a tutti che spirasse; ma ella era così presente a sè medesima, che sforzando le labbra agonizzanti, accompagnò con mute parole le preghiere della Chiesa, ed avendo aperti un momento gli occhi, e visto alcuno de' circostanti, che stavasi in piedi, con la mano languida, e col capo smorto gli fece cenno d'inginocchiarsi, e si scorgeva in lei una così umile rassegnazione alla testa piegata sul collo languente, agli occhi quiéti, e belli anche in quello stato, alle mani incrocicchiate sul petto, o stringenti il Crocifisso, che ben si vedeva, che per lei vita, e morte, sanità, e malattia era l'istessa cosa, e pareva tacendo dire: *ecce ancilla Domini*. Compiuta la sacra cerimonia, e riavutasi dal deliquio crudele, che quasi l'uccise, si lamentò con bel sorriso, perchè le si avesse dato l'oglio santo senza lavarle le mani e i piedi, parendo con ciò essersi mancato di

ri-

rispetto al Sacramento, e venendole
detto, perchè si credeva di non essere a tempo, e che moriva, sorridendo al solito, disse, che avean fatto
bene.

Come quest' anima fortunata era
stata tutto il tempo di sua vita raccolta in Dio, e presente a se stessa inal-
terabilmente, e come tutti i mesi avea
fatto la sua preparazione alla morte,
al terminare de' suoi giorni, ed al morire, Iddio la fece andar eguale alla sua
condotta, sicchè passò all' eternità,
come se facesse il suo giorno di ritiro, e volò a veder Dio ( come può
bene sperarsi ) senza aver cessato mai
di vederlo coll' occhio della fede, e
della contemplazione, non avendola
distaccata dall' unione con Dio nemmeno i più profondi deliquj. Il pe-
nultimo dì della sua vita, fu presa da
uno svenimento, e deficienza così profonda, che esausto tutto il vigore vitale, e resa impotente la forza di tutti gli
sti-

stimoli applicati, si giudicò estinguersi
affatto in lei ogni eccitamento, e morire : durò in questo stato più di morte
che di agonia, per lo spazio di più ore:
appena un tenue rifilo di moto all'ar-
teria, interrotto, insensibile quasi, la
dinotava vivente; immobile a tutto, e
perduta; sicchè sopra di lei furono dal
suo D. Ambrogio recitate tutte le preci
dell' agonia. Quando, così a Dio pia-
cendo, rivenne, le si rialzarono le forze, aprì gli occhi: l'assistente suo confessore allora le disse : *Cecilia, dove
siete stata fin adesso col vostro spirito?
Alla presenza di Dio*, rispose ella ...
*sempre?* soggiunse egli; ed ella *sì, ...
non l'avete mai perso di vista?* ... *nò ...
abbiam poco ad andarlo a vedere* ... ed
ella, *sì?* e qui si mise a ridere con
un' aria così bella, che parea cosa di
Paradiso, e fece piangere tutti di tenera invidia della sua allegria da santa. Così quest' anima matura al Cielo
teneva dolce compagnia al celeste suo

                                    suo

Sposo nella vigilia delle nozze eterne.
Fra gli intervalli de' suoi svenimen-
ti, e prima che le cominciassero, pregava, che le si leggesse alcun passo della
dolorosa Passione di Gesucristo, e si
osservava che accompagnava la lettu-
ra con affetto contemplativo in guisa
che in attitudine estatica, cambiava
talvolta colore in faccia, e pareva di-
leguare di tenera compassione, e di
ardente gratitudine al suo Signore, che
profondamente adorava.

Questa sua viva attenzione a Dio
le cagionava un' aria di presenza di spirito, e di eguaglianza di sentimenti,
che sorprendeva: avea presente tutto,
come fosse stata non moribonda, ma
sana. Secondo il suo metodo, chiamò
a se una persona giovine di suo servizio, e le porse in mano una grossa mone-
ta, indi le fece una amorevole predica, ma con tanta forza, e con sentimenti così vivi e toccanti, che credo
bene, che chi la ricevette non potrà
                                    fin

fin che vive levarsene le dolci, e profon-
de ferire dal cuore. Vedendo che a momenti andava a morire, si fece dare la
sua borsa, e volea consegnare a D.
Ambrogio il dinaro da supplire al suf-
fragio di S. Cassiano, cui era ascrit-
ta, come se pagasse per altri; e non
per sè. Con questi passi s'incamminò
agli ultimi suoi respiri: si vedea che
mancava, quando si osservò, che girava
gli occhi sul muro opposto, quasi cer-
cando qualche cosa: interrogolla D. Ambrogio cosa cercasse, ed ella: *la Ma-*
*donna Santissima* disse: subito vi si
fece mettere un quadro coll'immagine
di Maria, allora parve che brillasse
di gioja. Ricevute tutte le indulgenze
e benedizioni di S. Chiesa, contenta,
e quieta, pregò di nuovo il suo Padre
Spirituale a leggerle la Passione di Gesucristo, e mentre essa sentendo dile-
guava nello spirito, entrò in agonia
anche nel corpo. Cessò di leggere D.
Ambrogio, ed ella si sforzò a dir *gra-*
*zie.*

zie. Si cominciò a raccomandarle l'anima, ed ella vedendo alcuna persona in piedi, colla mano languente le fece segno d'inginocchiarsi; baciò il Crocifisso, se lo strinse nelle mani giunte sul petto, fissò gli occhi in Maria Santissima, incantata in Maria, con bocca ridente, spirò in età d'anni 23., mesi uno, essendo accorse alla sua agonìa da tutta Milano moltissime persone delle primarie, per essere spettatrici del più bello dei trionfi, cioè della morte de' Santi. Morì il giorno primo Marzo dell' anno 1802.

In Milano le furono fatte solenni esequie, con immenso concorso d'ogni ceto di persone; e si diceva che era morta una Santa, e si volava da lei. Una bellissima iscrizione onorò i suoi funerali, ed è del tenore seguente:

Ci-

CECILIAE . DE . VECCHI

NATAE . CARRARA . BERROA

QUAM

OB . MORUM . SUAVITATEM

ET . VITAE . SANCTIMONIAM

NEMO . NON . SUSPEXIT

FLORENTI . ADHUC . AETATE

EHEU

E . VIVIS . EREPTAE

LUCAS . DE . VECCHI

AMANS . MOERENSQUE . CONJUX

JUSTA .

Dopo le Esequie fatte in Milano
la spoglia mortale di Cecilia fu riguardata da tutti come il Corpo d' una
Santa. Il vivissimo dolore per averla
perduta in sì giovine età, e nel fiore
de' suoi giorni non impedì che la di
lei Genitrice, e gli altri parenti della
nostra Cecilia provassero un non so
qual sentimento di rispettoso riguardo
verso que' lacci medesimi da' quali si
era sciolta quella bell' anima fatta per
il Cielo. L'istesso di lei Consorte Luca
de Vecchi, quantunque si potesse dire
per il dolore quasi fuori di se stesso,
pure alla vista di quell' esangue spoglia
da lui sì amata, provava nel fondo
dell'oppresso suo cuore un non so quale
per lui nuovo, e in certo modo soave, e sempre rinascente impulso, che
a ravvisar lo movea nel Cadavere della
sua Cecilia gli avanzi mortali d' un
Eroina del Cielo. E tanta ebbe in lui
di forza questo pensiero, che non volle partire da Milano senza ordinare

I                         che

che fosse trasferito con decoroso accompagnamento il Corpo di Cecilia a Carvico. E ben fece egli a secondare la voce del suo cuore, e i desiderj di Caterina Beroa, ed altri parenti di Cecilia, che speravano qualche conforto nell' aver almeno vicino il luogo del di lei rispettabile Deposito; poichè se gli abitanti di Carvico non avesser veduto per volere di Luca trasportata la spoglia di Cecilia fra loro, erano risoluti di andare alcuni di essi a Milano per dimandarla, e quasi un tesoro che ad essi apparteneva volerla decisamente. Quindi sarebbe ben facile il congetturare, se testimonj di vista ancora non l' affermassero, quanto fu rispettosa, e commovente l' accoglienza fatta in Carvico dalle accorse genti d' ogni età, d' ogni sesso alla morta salma di Cecilia. Se il breve soggiorno che essa avea fatto in Milano negli ultimi periodi del viver suo, dove si può dire le sue virtù non eran

no-

note che per fama, bastò perchè alla di lei morte si dicesse generalmente che era morta una Santa; cosa dovrem credere avranno detto gli abitanti di Carvico, dove ella avea vissuto lunga stagione, e dove perciò tutti erano stati testimonj oculari della sua esemplare pietà, della sua generosa carità, e di tutte le altre virtù, che rendono sì amabili le persone, le quali all'esser distinte per ricchezze ed onori accoppiano ancora una rara bellezza, e una soavità angelica di tratto! Appena in fatti si sparse per Carvico che i voti comuni erano appagati, e che da Milano era stato ivi trasportato il Corpo di Cecilia Carrara-Beroa de Vecchi per esser tumulato in quella Chiesa Parocchiale, che tosto accorsero non solo da Carvico, ma ancora dalle molte vicine Comuni, e giovani spose, e teneri fanciulli, e vecchi cadenti, e sacerdoti rispettabili; un popolo in una parola numerosissimo,

mos-

mosso non già solo da una innocente
curiosità, ma da un sentimento divoto, dirò così di venerazione, e pietà;
e chi voleva entrare nell' Oratorio di
Casa de' Vecchi dove era stato deposto
il Corpo di Cecilia, chi di ciò non
contento chiedeva piangendo che gli
fosse concesso di rimirare pur una volta l' esangue angelico volto di lei; e
tanta fu, e sì pressante l' istanza di
alcune persone, che si dovette per
compiacerle riaprire più d' una volta la cassa che racchiudeva quelle da
essi tenute già in concetto di preziose
Reliquie. Allorchè poi con tutta la
possibile funerea pompa fu trasportata
coll' accompagnamento di quanti Sacerdoti poterono concorrere da' luoghi
circostanti alla Chiesa Parocchiale,
tanto fu il concorso di gente, che uno
spettacolo parea di solenne divoto
trionfo; durante il quale molte persone, fra i quali quel degnissimo Paro-
co, ed altri Sacerdoti non poterono
                                    trat-

trattenere per una tenera emozione divota le lagrime. Terminate le Esequie, che siccome in altri luoghi, così in Carvico volle Luca de Vecchi che fossero celebrate senza risparmio alcuno, e che più assai dell'ordinario solenni, e divote rendevano la pietà e la religione del popolo, che sino alla fine vi assistette in gran numero; nel ritornar che facevano le genti alle loro case si dimandavano l'un l'altro quali fossero state le più minute circostanze, che accompagnarono la lunga malattia, e la morte preziosa di Cecilia; e chi volea sapere come aggradì l'assistenza singolare usatale da' suoi consanguinei, dalla sua un dì Maestra ex-Monaca Baroggi, e dal suo Spirituale Direttore D. Ambrogio Regazzoni: chi ricercava quasi mosso da una lodevole invidia, quale sarà stato il di lei giubilo, nel vedersi visitata dal suo per ogni titolo rispettabilissimo Pastore Monsignor Gian Paolo Dolfin Vescovo di Bergamo, mo, il quale trovandosi in que' giorni in Milano di ritorno da' Comizj Italiani tenuti in Lione, ed essendo ospite nella Casa Tomini, all' udire che la tanto a lui ben nota virtuosa Cecilia era presso a morte, volle recarsi da lei per darle l' Apostolica sua benedizione, e gustare il puro diletto, che ispira la vista d' un innocente che l' anima rende al suo Dio. Pareva in una parola che in tutta Carvico, e nelle Terre vicine non d' altro si dovesse parlare che di Cecilia; le Madri la proponevano per modello d' imitazione alle Figlie, i Mariti per uno specchio alle giovani. Spose; tutti vi trovavano di che formare soggetto de' loro discorsi. Contenti di osservare le virtù nel loro vero e naturale splendore, non aveano ancora imparato, o a non apprezzarne il merito per non aver nulla di straordinario, e creder perciò inutile l' esporlo all' altrui vista, e imitazione, o

a

a promovere de' dubbj, e sparger il
ridicolo su quelle azioni, che per non
esser comuni si crede che diano il diritto a' begl' ingegni di negarle. La
vera virtù a guisa del Sole risplende
ad onta delle più dense nubi, e da
noi esige l'ammirazione anche talora
malgrado di noi stessi. In fatti potè
ben la morte troncar il filo de' giorni
preziosi di Cecilia, ma non perì già
col suono de' bronzi la memoria di
lei, di cui anzi ogni volta, che di
nuovo si parla, non solo da quelli
che la conobbero da vicino, ma dagli
altri ancora, che soltanto ne sentiro-
no lodare l'angelica vita, sempre si
rammenta con rispettosa tenerezza il
nome. E dirò ancora di più, che in
Carvico la lapide, la quale in luogo
separato nella Chiesa Parocchiale, per
volontà di Luca de Vecchi, chiude il
Corpo esangue della sua diletta Consorte, vien riguardata come se ivi
l'urna fosse d'una Santa; e vien in-
di-

dicata a chi straniero entra in quel Tempio quasi un luogo che esige venerazione, e rispetto. Il sentimento d'una pia divozione, non và in molti disgiunto da quello della ricordanza delle singolari virtù, e dall'amore con cui fu generalmente prediletta quella bell'anima, decoro non solo delle Famiglie Beroa, Tomini, e de Vecchi, ma vero ornamento ancora, e splendore de' nostri tempi, e della nostra patria.

## FINE.